FOLIO POLICIER

Howard Fast
(E.V. Cunningham)

Tu peux crever !

Traduit de l'anglais par C. Grégoire

Gallimard

Titre original :

SHIRLEY

Sous le pseudonyme E.V. Cunningham se dissimule le grand romancier Howard Melvin Fast. Il écrit une série de romans dont les titres sont presque exclusivement des prénoms féminins : *Sylvia*, *Alice*, *Penelope*, *Samantha*, etc. *Tu peux crever !* (titre original : *Shirley*) paraît en 1965.

CHAPITRE PREMIER

Les tueurs

Au cours de ses vingt années d'existence, il était arrivé tant de choses à Shirley Campbel — et désagréables, pour la plupart — qu'elle ne fut pas surprise d'entendre deux inconnus annoncer qu'ils voulaient la tuer. Cela lui déplut, évidemment, et lui fit peur, mais ne l'étonna pas exagérément. L'expérience lui avait appris qu'aucune fille ne devait s'étonner du comportement masculin et que, par voie de conséquence, rien de ce que pouvait faire un homme ne devait la prendre au dépourvu.

Néanmoins, étant donné la gravité de la situation, Shirley estima que le destin aurait dû lui adresser une sorte de mise en garde, lui donner le temps de prendre ses dispositions. Sa propre mère, quand elle n'était pas sous l'influence de l'alcool, aimait à répéter qu'il n'y a pas de fumée sans feu. Shirley jugeait à bon droit qu'il ne devait pas y avoir de feu sans un minimum de fumée. La logique le voulait. Au cinéma, à la télévision et dans les livres — les seules choses susceptibles de jeter une certaine clarté sur le chaos qui entourait

Shirley et qu'on appelait communément la vie — les victimes étaient des imbéciles. Les signes avant-coureurs du malheur se manifestaient autour d'elles ; tout le monde était capable de les discerner... sauf elles. Mais en réfléchissant à cette soirée-là, Shirley ne put y découvrir aucun présage maléfique.

Elle était allée travailler le matin — un matin semblable à tous les autres — chez les Frères Bushwick, fabricants d'objets en plastique, qui occupaient tout un immeuble dans East Houston Street. Shirley était employée au service de la comptabilité, et elle manipulait une machine enregistreuse ; sa tâche, relativement importante, exigeait une certaine habileté et lui avait été confiée parce qu'elle avait bien passé certains tests. Elle passait toujours les tests avec brio. Au cours de sa première année à l'école secondaire, elle avait obtenu le total imposant de 127 points. Sa fiche portait la mention : « Haut degré d'intelligence innée. » Ce qui constituait une sorte de prix de consolation pour les professeurs chargés de l'instruire, et qui devaient, chaque jour, affronter ses yeux sombres, durs et voilés. Ne sachant jamais ce que dissimulait ce regard, les professeurs puisaient un certain réconfort dans le fait que ce cerveau abritait du moins une intelligence évaluée à 127 points.

Le patron de Shirley, M. Morrow, éprouvait souvent les mêmes sentiments. Il avait pris l'habitude de suivre le passage qui traversait le bureau — et qui était flanqué, à droite et à gauche, de douze tables, chacune occupée par une jeune fille qui manœuvrait une machine — et de jeter un regard perçant sur chacune de ses employées, comme s'il les mettait au défi de soutenir ce regard. La seule qui en fût capable était Shirley ; ce qui n'améliorait pas leurs relations. M. Morrow était un petit homme rondouillard et les yeux de Shirley semblaient regarder à travers lui. Comme il le disait à son assistant, M. Bergan, il attendait son heure. « Le jour viendra où je la balancerai. Cette fille me déplaît. J'aime savoir ce que les gens pensent. J'aime les filles qui ont l'air gai et les yeux francs. »

« Tu n'es qu'un gros lard à la main baladeuse, répondait silencieusement M. Bergan. Comme tu ne peux pas t'envoyer cette fille, tu veux la flanquer à la porte. Les types comme toi me donnent la nausée. »

Mais il répondait à haute voix : « Vous avez parfaitement raison, monsieur Morrow », tout en songeant que si Shirley se coiffait autrement et si elle se souciait tant soit peu de son apparence, elle serait la plus jolie môme du service. « Tu parles si, *moi*, je la virerais ! » Lorsque sonna l'heure du déjeuner, il rencontra Shirley qui se dirigeait vers l'ascenseur et demanda :

— Qu'est-ce que vous diriez d'un tour dans mon petit nid, au Village, beauté. On n'en aurait pas pour plus d'une heure.

— Pouvez crever, lui répondit Shirley en souriant.

— Pourquoi ? questionna M. Bergan.

— Comment ça, pourquoi ?

— Vous m'avez dit que je pouvais crever, précisa M. Bergan. J'ai le droit de vous demander pourquoi. En fait, il est normal que je vous demande pourquoi.

— Qui vous a dit que vous pouviez crever ?

— Vous. À l'instant.

— Ah ? Mais ne m'avez-vous pas, à l'instant, fait des propositions ? N'avez-vous pas insinué qu'on pourrait aller ensemble au Village pendant l'heure du déjeuner ? Eh bien, je me vois dans l'obligation de vous enlever vos illusions sur ce point, monsieur Bergan. Pendant l'heure du déjeuner, je déjeune, un point c'est tout.

— Est-ce que je vous ai proposé autre chose que de déjeuner avec moi ?

— Dans votre petit nid ?

— Simple façon de parler, expliqua Bergan.

— Eh bien, simple façon de parler également, vous pouvez crever.

— Ça recommence ! — C'est vraiment la chose la plus déplaisante que l'on puisse dire à quelqu'un.

— Qu'y a-t-il de déplaisant là-dedans ? demanda Shirley d'un ton indigné.

— Qu'est-ce que vous diriez si je tombais mort à vos pieds ?

— Je me dirais que vous aviez le cœur très malade, monsieur Bergan, mais pourquoi faut-il que vous preniez à cœur chacune de mes remarques ?

— Parce qu'il se trouve que tout ce que vous dites m'intéresse personnellement.

— Eh bien, tant que vous vous intéresserez personnellement à moi, monsieur Bergan, nous resterons sur nos positions respectives. En outre, la prochaine fois que vous m'inviterez à déjeuner, abstenez-vous de me parler de votre petit nid au Village.

M. Bergan demeura coi. Dégingandé, avec son long visage, ses bras interminables, il ressemblait, de l'avis de Shirley, à un épagneul mal nourri. Il la regarda s'éloigner en compagnie de son amie, Cynthia Kugelman. Cynthia était une jolie fille élancée, dotée d'une abondante chevelure qui, pour le moment, était blonde. Pieds nus, Cynthia mesurait un mètre soixante-dix ; avec les talons hauts qu'elle tenait absolument à porter, elle était presque aussi grande que M. Bergan. Shirley et elle se dirigèrent vers le restaurant de Mama Maria, où les pizzas étaient les plus savoureuses de tout le quartier. Cynthia prit une pizza ordinaire, tandis que Shirley commandait une « spéciale », agrémentée de saucisses et d'anchois, en parties égales.

Pendant que les pizzas cuisaient, Cynthia raconta à Shirley que, bien que cela ne la regardât aucunement, elle n'avait pas pu s'empêcher d'entendre la fin de l'entretien entre Shirley et M. Bergan.

— Je n'arrive pas à lire en lui, dit Shirley.

— Tu as besoin de lire en lui ? Ce n'est pas un bouquin.

— Il ne m'intéresse pas, dit Shirley.

— À la manière dont tu envisages la question, dit Cynthia, on croirait qu'on trouve des célibataires à chaque coin de rue.

— Je suis assez vieille pour savoir qu'on ne les trouve pas dans les choux.

C'est alors que Cynthia fit une observation que Shirley devait se rappeler au cours des trois jours qui suivirent. Elle affirma qu'elle ne parlait pas subjectivement, mais qu'elle se sentait assez liée avec Shirley pour lui dire ses quatre vérités.

— Je t'écoute, dit Shirley.

— Cette mise en boîte continuelle...

— Tu parles de moi ?

— Évidemment. La vie, c'est sérieux, Shirley. J'ai lu l'autre jour dans un article que nous n'existions que du point de vue de la statistique.

— Et grâce aux pizzas, ajouta Shirley comme on les leur apportait.

— Exactement. Ma tante Leah était comme ça.

— Comment était-elle, ta tante ?

— Intelligente. En fait, tellement intelligente que ça lui a joué des tours. Personne n'était assez bien pour elle, de sorte qu'à cinquante-cinq ans, elle est toujours vieille fille.

— On la présentera à M. Bergan, répondit Shirley, la bouche pleine.

À part cet échange de propos, le déjeuner se déroula comme à l'ordinaire. Le temps était superbe, et Shirley et Cynthia revinrent lentement à pied jusqu'à l'usine. C'était une belle journée ensoleillée, et bien qu'au carrefour des rues Mott et Houston il passe assez de camions pour parfumer généreusement l'atmosphère de vapeurs d'essence, ces relents ne pouvaient masquer complètement la fraîcheur vivifiante du vent d'ouest.

L'après-midi se passa comme d'habitude et Shirley décida de rentrer à pied à son appartement de Minetta Street — deux pièces au troisième et pas d'ascenseur, mais le loyer n'était que de cinquante-cinq dollars par mois. En chemin, elle s'arrêta chez Hudson, le teinturier, pour y reprendre une robe et elle fit halte également à la charcuterie Chrome, où elle acheta un sandwich au corned-beef, avec du chou rouge et de la moutarde, du lait écrémé et un gâteau au raisin. La plupart du temps, elle faisait la cuisine le soir, quand elle n'avait pas rendez-vous — et pour le moment elle ne sortait avec personne — car elle estimait qu'acheter de la charcuterie était l'indice d'un caractère sans énergie ; mais ce soir-là, elle était trop fatiguée pour songer à faire de la cuisine. Elle n'avait qu'une envie : dîner paisiblement devant sa télévision.

Après avoir mis le lait au frigidaire, elle gagna la salle de bains, se démaquilla et se brossa les dents.

— Tu vois, je me lave les dents, dit-elle au miroir. Tu vois, je me les brosse, idiot, alors qu'on ne me barbe pas avec toute cette publicité sur les dentifrices !

Elle allait enlever son chemisier et sa jupe et passer une robe de chambre lorsqu'elle fut prise soudain d'une fringale irrésistible. Elle décida que la télévision attendrait ; elle mangea le sandwich et le gâteau et but le quart de lait, tout en lisant. C'était l'un des quatre ouvrages en tête de la liste des best-sellers. Elle était abonnée à une bibliothèque, mais ne prenait jamais que les quatre best-sellers en tête de liste. Comme elle l'expliquait à ses collègues de bureau, si un bouquin n'était pas classé dans les quatre premiers, il ne valait pas la peine d'être lu. Et comme elle ne pouvait consacrer à la lecture qu'un temps limité, ça lui suffisait. Et ça la parait d'un certain prestige aux yeux de ses camarades qui s'en tenaient au cinéma et à la télévision et n'ouvraient jamais un livre.

Shirley mangeait toujours avec lenteur. Certains passages de ses lectures l'impressionnaient profondément et elle avait lu une fois qu'absorber la nourriture sans hâte est un signe de bonne éducation. Et sachant que la bonne éducation n'était pas son fort, elle s'était mise à manger lentement.

— Ce n'est pas ça qui fera de moi une fille de la haute, avait-elle expliqué à l'une de ses amies, mais il ne faut rien négliger.

Lire en mangeant ralentit encore l'opération. L'absorption du sandwich au corned-beef lui prit près de vingt minutes. Quatre tranches de gâteau au raisin prirent quarante minutes — dix par tranche. Shirley était assise à la petite table en tôle émaillée dans la cuisine minuscule et, pendant qu'elle dînait, la nuit tomba peu à peu. Au moment où elle se levait pour donner de la lumière, un coup de sonnette retentit. Shirley alluma une lampe en traversant le living-room pour aller ouvrir la porte.

Deux hommes se trouvaient sur le seuil. L'un d'eux était petit, maigrichon, et boitillait. Il était si décharné qu'il semblait filiforme, avec des épaules incroyablement étroites, une tête allongée et reptilienne. Il avait des cheveux blancs d'albinos, des yeux rouges de lapin russe, et dès qu'il fut entré, il sortit de sa poche un pistolet muni d'un silencieux, repoussa Shirley dans la pièce, et, tenant l'arme braquée sur elle, il dit :

— Reste là, sœurette. Bouge pas et boucle-la. Ce pétard a un silencieux. I' fait pas *bang*, i' fait juste *poum*. Alors si tu l'ouvres, si tu cries ou si tu fais l'andouille, t'es morte. T'as pigé ?

Shirley inclina la tête. Sa première tentative pour parler s'était soldée par une sorte de gargouillis. À la seconde, elle parvint à demander aux deux hommes, d'une voix étranglée, qui ils étaient et ce qu'ils lui voulaient.

Le second truand était gros, gras et basané, avec une peau d'un brun jaunâtre. De son chapeau, rejeté en arrière de son crâne, s'échappaient des tortillons de cheveux huileux qui lui barraient le front. Il avait d'énormes lèvres qu'il ne cessait d'humecter du bout de la langue. Il referma soigneusement la porte derrière lui et examina la pièce. C'était le living-room, de trois mètres sur quatre, qui contenait un divan au matelas de caoutchouc mousse, une table qui prenait, en s'ouvrant, des proportions miraculeuses, deux guéridons et un poste de télévision. Tout cela avait coûté à Shirley beaucoup de cogitations, d'économies et de temps passé dans les magasins, mais l'homme n'y accorda qu'un coup d'œil. Puis il passa dans la chambre, la parcourut du regard et entra dans la cuisine.

— Qu'est-ce que vous voulez ? murmura Shirley. De quoi s'agit-il ? D'un cambriolage ? En ce cas, mon porte-monnaie est sur la chaise. Prenez-le. Ne vous gênez pas.

— Ta gueule, dit le maigrichon...

— Pouvez crever, dit Shirley. (Elle commençait à reprendre ses esprits et à être capable d'utiliser ses 127 points d'intelligence.)

Le gros gardait le silence. Il sortit son portefeuille dont il tira une photo. Shirley n'en vit que le verso, tandis que le gros homme considérait alternativement la photo et elle-même. Il alluma une autre lampe, s'approcha de Shirley et lui pencha la tête de côté avec son pouce brun. L'ongle de ce doigt était couronné d'une lunule noire et Shirley recula en disant à l'homme de garder ses distances.

— Une pimbêche, hein ? fit le maigrichon.

— Pouvez crever, dit Shirley.

— Boucle-la, sœurette. C'est l'conseil que j'te donne. Boucle-la.

— Je parie que vous passez votre temps chez la manucure, dit-elle au gros homme, en s'efforçant de sourire.

Elle tremblait encore et elle avait l'impression que son estomac s'était transformé en un gouffre vide et douloureux, mais elle parvenait quand même à se dominer. Tout ce qu'elle avait lu, connu par expérience personnelle, vu à la télévision ou au cinéma la poussait à conclure que, pour une raison incompréhensible, ces deux hommes allaient la tuer. Pourquoi, elle n'en avait pas la moindre idée, mais elle avait vécu vingt ans dans un monde où l'on peut rarement remonter de l'effet à la cause. Elle était donc plus inquiète que surprise, s'étant entraînée à ne jamais s'étonner de rien — ou presque jamais.

Bibendum sortit de nouveau son portefeuille et en tira une seconde photo. Il tenait les deux photos comme des cartes à jouer et regardait tour à tour les clichés et Shirley.

— Eh bien ? demanda l'homme-squelette.

— C'est elle, Francis. C'est elle. J'en suis absolument sûr.

Il avait un accent. Lequel, Shirley n'aurait su le dire. Français, espagnol, portugais, italien — ça pouvait être n'importe lequel.

— C'est minable, c'te crèche... et on dirait bien que c'te fille y est chez elle, reprit-il. Et la façon dont elle cause... Elle cause comme une clocharde, si tu veux mon avis...

— Pouvez crever, interrompit Shirley.

— Tu vois ?

— J'te dis que c'est cette fille-là. Elle est très maligne, elle a toujours eu la réputation d'être une futée. Comment qu'tu voudrais qu'elle cause ?

— Comme Katharine Hepburn. O.K., allons-y.

Prends son manteau ou kékchose. (Il se tourna vers Shirley.) Tu viens avec nous, sœurette, et tu te tiens peinarde.

— Pourquoi ? questionna Shirley.

— Pourquoi ? Bon Dieu ! parce que j'te l'dis ! Parce que, *lui*, il t'le dit !

Il désignait le revolver.

— Je ne veux pas partir, murmura Shirley.

— Tu ne veux pas partir ? Tu veux que j't'assomme avec ça ? Tu préférerais ? Allez, amène-toi sans faire de manières et ferme-la.

Pendant ces palabres, Bibendum avait déniché un manteau dans un placard et le tendait à Shirley.

— C'est mon manteau d'hiver, glapit-elle.

— Et alors ?

— Il faut que je le donne au teinturier. Je ne le porte pas en ce moment.

— Elle est cinglée, pas vrai ? fit le gros. Tu crois pas qu'elle est cinglée, Francis ?

— Qu'elle prenne le manteau qu'elle veut, bon Dieu !

Shirley se dirigea vers le placard, prit son manteau de demi-saison et l'enfila ; elle sentit son estomac se contracter et crut qu'elle allait vomir. Néanmoins, elle parvint à se dominer, d'abord parce qu'elle ne pouvait supporter l'idée de salir son tapis tout neuf, mais aussi parce que sa seule chance de sortir de ce cauchemar était de conserver ses forces et sa lucidité. Shirley n'était pas une fille nerveuse ; elle n'avait pas versé une larme depuis l'âge de dix ans. Et, bien qu'elle fût toujours aussi inquiète, sa peur s'était légèrement atténuée. Si les deux hommes l'emmenaient quelque part, du moins pouvait-on en déduire qu'ils ne la tueraient pas sur-le-champ, ce qui eût été encore plus désastreux pour le tapis et pour elle-même qu'une crise de vomissements.

Les deux truands la laissèrent prendre son sac ; elle en tira son peigne et se posta devant le petit miroir pour coiffer ses cheveux épais et noirs.

— Bon sang de bon sang !... commença Francis, mais il est presque impossible d'intervenir quand une femme est en train de se coiffer, et ce faisant, Shirley leur assura qu'il y avait erreur sur la personne.

— Pour sûr qu'il y a erreur sur la personne. Ta tignasse, ça suffit comme ça.

— Éteignez la lumière, leur dit Shirley tandis qu'ils la poussaient vers la porte. La compagnie d'électricité durera probablement plus longtemps que moi.

Tout en hochant la tête, Bibendum obtempéra. Son compagnon prévint Shirley que le revolver était à hauteur de ses côtes.

— Et i' fait pas *bang*, oublie pas ça. I' fait juste *pouf !*

— C'est une dingue, déclara Francis, l'homme-squelette, lorsqu'ils s'installèrent sur la banquette avant d'une voiture noire, arrêtée dans Minetta Street. J'te l'répète, c'est une dingue. C'est ça que tu cherches, une dingue ?

— Je suis fatiguée de vous dire que vous pouvez crever, fit Shirley. Vous et votre grande gueule.

— J'vais te dire ce qui t'attend, sœurette, si tu la boucles pas : j'te fais sauter le râtelier.

Le gros homme mit le moteur en marche, alluma les phares et ordonna à ses compagnons de cesser de discutailler.

— C'est trop fort, dit Shirley. On veut me tuer, mais on m'empêche de discuter.

— Écoute comment elle cause, dit Francis.

— T'as donc pas un peu de jugeote, Francis ? lui dit le gros homme. C'est bien cette fille-là.

— Et si ce serait pas elle ?

— Que ce soit elle ou non... elle nous a vus. Ça suffit, non ?

— Alors, allons-y.

Ils remontèrent la Sixième Avenue ; arrivé à la Dix-neuvième Rue, Bibendum voulut tourner à gauche et braquer le volant. Shirley posa son pied sur le sien, qui reposait sur l'accélérateur, et appuya de toutes ses forces. La grosse voiture accéléra brusquement. Bibendum lâcha le volant et gifla Shirley. Elle fit la grimace, se laissa glisser sur le siège et écrasa de nouveau le pied du conducteur. La voiture fit une embardée vers la droite. Bibendum se cramponnait au volant. Son compagnon poussa un juron ; la voiture fit une nouvelle embardée, à gauche cette fois, prit le virage à toute allure, grimpa sur le trottoir et traversa la rue en trombe, projetant Shirley derrière le conducteur. Quelques secondes plus tard, la voiture s'écrasait à quatre-vingts à l'heure dans la vitrine d'un magasin avec un vacarme qui dut s'entendre à cinq cents mètres de là.

La tête de Francis, l'homme-squelette, traversa le pare-brise. Bibendum eut la poitrine broyée par le volant et le crâne enfoncé par le châssis de la portière. Tassée entre le dos de la banquette et lui, Shirley eut le souffle coupé et déchira son manteau en s'extirpant péniblement de la voiture. Elle jeta un regard sur Francis et vomit, mais comme le premier témoin de l'accident se précipitait sur les lieux, elle se fraya un chemin au milieu des débris de verre et revint vers la Sixième Avenue.

Elle avait des nausées, le cafard, et l'impression d'être abandonnée de Dieu et des hommes, mais elle était incapable de s'apitoyer sur les deux hommes. Ils l'avaient bien cherché, se disait-elle.

CHAPITRE II

La police

Quand Shirley parvint au commissariat, elle était si lasse qu'elle avait grande envie de faire une croix sur cette histoire et de rentrer chez elle. Shirley estimait que, en mettant les choses au mieux, les policiers étaient des neutres, et que, au pis aller, ils étaient ses ennemis naturels. Lorsque, le lendemain, elle relata son aventure à son amie Cynthia, employée, comme elle, chez les Frères Bushwick, Cynthia répondit :

— Bon, bon, tu ne voulais pas aller voir les flics. Alors qui voulais-tu avertir ? La S.P.A. ?

— J'aurais dû aller me coucher, dit Shirley, et Cynthia rétorqua :

— C'est ça, deux truands essaient de te tuer, mais tu aurais dû aller te coucher.

— J'y suis allée finalement, dit Shirley, et j'ai dormi cinq bonnes heures.

Pourtant, il n'était pas encore neuf heures, ce soir-là, lorsque Shirley entra dans le commissariat et s'approcha du sergent en service, assis derrière son comptoir d'acajou. C'était une soirée comme les autres, une soirée du milieu de la semaine. Une vieille femme, sur un banc, pleurait silencieusement. Un petit garçon, perché sur une table, à l'autre bout de la salle, mangeait gravement un gros bretzel, et, tandis que Shirley attendait, deux pochards furent amenés dans la salle principale, la traversèrent et ressortirent au bout d'un moment. La vieille femme continuait à pleurer.

— Qu'est-ce que je peux faire pour vous, m'dame ? demanda le sergent à Shirley.

— Je n'en sais rien.

— Alors pourquoi êtes-vous ici, m'dame ? questionna patiemment le sergent.

— Je suis ici parce que deux tueurs ont essayé de me supprimer, expliqua Shirley d'un ton plutôt sec. Je me suis trompée de bureau ? Où faut-il que j'aille ? À l'Hôtel de Ville ?

— Doucement, doucement, fit le sergent. Comment ça, deux tueurs ont voulu vous supprimer ?

— Ils ont voulu m'emmener en promenade.

— Ça ne prouve pas qu'ils voulaient vous supprimer, ma petite dame.

— Non, ils m'avaient simplement filé un rancart et puis ils m'ont fait du rentre-dedans. J'ai l'air d'une cinglée ou quoi ?

— Vous avez l'air nerveuse, en tout cas, dit le sergent.

— Moi ? Je ne suis pas plus nerveuse qu'un paquet de nouilles !

À ce moment-là, deux policiers amenèrent un

adolescent qui se tortillait comme un ver. Shirley alluma une cigarette pendant qu'on inscrivait sur le registre les renseignements concernant le nouveau venu. La vieille dame cessa de pleurer, s'approcha de Shirley et lui demanda ce qu'avait fait le garçon.

— Il a pillé la Banque Nationale, rétorqua Shirley.

La vieille dame hocha la tête et déclara qu'elle n'arrivait pas à le croire, le garçon avait l'air si gentil.

— Eh ben, il a fait sauter le pont de Brooklyn. Est-ce que je sais, moi ?

La vieille dame se remit à pleurer et Shirley, qui ne lui voulait pas de mal, fut prise de remords et s'efforça de la consoler. Apparemment, la vieille n'avait attendu qu'une occasion de s'épancher et elle raconta à Shirley qu'elle était venue au commissariat parce qu'elle avait perdu son chat, qui avait disparu depuis trois heures de l'après-midi, qu'elle était là depuis six heures du soir et qu'elle n'avait plus un ami au monde, sauf ce chat.

— Vous pensez peut-être qu'on ne devrait pas se mettre dans des états pareils pour un chat, mais je n'y peux rien. Je n'y peux rien. Mais il me semble que, quand on aime une bête, on l'aime, c'est plus fort que soi. Ce n'est pas un péché. Vous croyez que c'est un péché ?

Shirley ne le croyait pas. Elle était si émue par le chagrin de la vieille dame qu'elle en oublia la raison de sa venue et que le sergent dut élever la voix pour attirer son attention.

— Miss, quel est votre nom ?

— Mon nom ?

— Eh bien, oui, votre nom. À moins que vous ne préfériez oublier toute l'histoire et rentrer chez vous ?

— Incroyable, fit Shirley. *Oubliez toute l'histoire et rentrez chez vous*. Dites donc, si vous étiez à ma place, c'est ce que vous feriez, vous ?

— Tout ce que je vous demande, c'est votre nom.

— Shirley Campbel.

— Comment ça s'écrit ?

— Shirley : S-h-i-r-l-e-y. Campbel : C-a-m-p-b-e-l.

— Vous voulez dire C-a-m-p-b-e-l-l ?

— Je veux dire C-a-m-p-b-e-l.

— Ce n'est pas comme ça qu'on écrit Campbell, Miss.

— Alors, ne me demandez pas.

— Je vous demande simplement s'il faut un *l* ou deux.

— Je vous l'ai dit : un *l*.

— Bon, si vous y tenez.

— Oui, j'y tiens.

— Et vous êtes sûre que vous voulez porter plainte ?

— Je ne veux pas porter plainte. Regardez-moi : est-ce que j'ai une tête à porter plainte ? Je n'ai même pas envie de vous épouser.

— Dieu merci.

— ... et réciproquement. Je suis simplement venue ici pour vous informer que deux terreurs ont essayé de me tuer. J'aurais dû me douter que je perdais mon temps.

— Bon, ça va. Levy ! cria le sergent à un policier qui venait d'entrer. Emmène cette demoiselle chez le lieutenant Burton.

Situé au premier étage, le bureau du lieutenant Burton était une petite pièce aux murs jaune clair, criblés de taches, qui s'efforçaient de retenir la peinture écaillée datant de la génération précédente. Burton, un homme massif, frisant la cinquantaine, s'assit devant une vieille table éraillée, après avoir fait signe à Shirley de prendre une des deux chaises à dossier droit, qui, avec un classeur, complétaient le mobilier de la pièce. Il examina sa visiteuse pendant un bon moment et baissa les yeux sur la feuille de papier que l'officier de police Levy avait déposée sur son bureau.

— Vous écrivez votre nom avec un seul *l*, Miss Campbel ?

— C'est illégal ?

— Vous pouvez vous dispenser de ce genre de facéties.

— Je peux aussi me dispenser d'écrire mon nom avec deux *l*. C'est un crime de s'appeler Campbel avec un seul *l* ?

— Ce n'est pas un crime. Mais je n'ai jamais vu ce nom écrit comme ça, voilà tout.

— Bon. Je ferai une demande officielle pour obtenir un changement.

— Ne le prenez pas sur ce ton, Miss Campbel...

D'après votre déposition, quelqu'un a essayé de vous tuer ?

— Quelqu'un, oui.

— Voulez-vous me raconter ce qui s'est passé ?

— Oh ! non. Je suis simplement venue ici pour discuter de mon nom.

— Écoutez, Miss, dit le lieutenant Burton, j'essaie d'être poli et franc avec vous. Nous recevons des quantités de plaintes émanant de toutes sortes de gens. Vous me faciliterez la tâche en faisant preuve d'un peu de bonne volonté. D'après le sergent, deux jeunes gens vous ont emmenée faire un tour en voiture et se sont montrés un peu trop entreprenants. Eh bien, vous êtes une fille séduisante, ce sont des choses qui arrivent. C'est bien ça ?

— Non, dit Shirley. C'est pas ça du tout.

— Alors, racontez-moi.

— Eh bien, ce soir, deux truands que je n'avais jamais vus de ma vie ont frappé à la porte de mon appartement et quand j'ai ouvert la porte, ils m'ont bousculée pour rentrer...

— Où habitez-vous, Miss Campbel ?

— 212, Minetta Street.

Il nota l'adresse, le visage impassible.

— Donc, ils sont entrés de force. L'un était gros et gras, l'autre petit et maigre. Le maigre tenait un pistolet muni d'un silencieux.

— Comment savez-vous que c'était un silencieux, Miss Campbel ?

— Je regarde la télévision, figurez-vous. Le vendredi et le samedi, je sors si j'ai quelqu'un pour me sortir. Le dimanche, on se réunit parfois entre copines. Le reste de la semaine... eh bien, une fille ne peut pas toujours aller dans les boîtes de nuit ou au théâtre. Donc je regarde la télé de temps en temps.

— Revenons à nos moutons, Miss Campbel.

— Le gros lard sort les photos, les regarde, puis me regarde et compare les prix.

— Qu'est-ce que vous entendez par là ?

— J'entends qu'il regarde les photos, qu'il me regarde et qu'il décide que c'est bien moi.

— Que c'est bien vous ?

— Que c'est bien moi qu'il faut tuer, m'sieur l'agent. À moins que vous préfériez que je vous appelle inspecteur ?

— Lieutenant Burton.

— Très bien, lieutenant. Donc, il compare et me voilà bonne...

— Vous vivez seule, Miss Campbel ?

— Avec ce que je gagne, je ne pourrais pas nourrir un chat. Oui, je vis seule. Je suis orpheline. Vous voulez vous attendrir sur moi, par hasard ? Vous ne croyez pas un mot de ce que je vous dis, hein ?

— Si vous me racontiez la suite ? Vous avez vu ces photos ?

— Non.

— Que s'est-il passé ensuite ?

— Ils m'ont fait descendre dans la rue et monter dans une grosse voiture noire...

— Ah ?

— Elle aurait pu être jaune ou rose, mais elle était noire... si vous n'y voyez pas d'inconvénients. On roule jusqu'à la Sixième Avenue, on monte vers le nord et pendant tout ce temps-là, je me demande quel effet ça fait de mourir. Ma vie n'a pas été ce qu'on peut appeler un lit de roses, lieutenant, mais malgré tout, je préfère encore être vivante que morte. C'est bien naturel, n'est-ce pas ? Donc, quand nous arrivons à la Dix-neuvième Rue et que le gros truand veut tourner à gauche, j'écrase mon pied sur le sien au moment où il appuie sur le champignon. Il perd la tête, comme je l'avais espéré, et la voiture va défoncer une vitrine. J'étais coincée entre ce type et le dossier de la banquette, de sorte que j'ai eu le souffle coupé, un point c'est tout. Je suppose que ces deux gangsters sont morts. Rideau.

Shirley se tut et le lieutenant Burton la regarda fixement, en silence, pendant un bon moment. Puis il prit une profonde aspiration et lui demanda si toute cette histoire s'était passée le soir même.

— Je vous l'ai déjà dit... Après quoi, je me suis amenée ici et j'ai eu une discussion avec le petit malin du rez-de-chaussée sur la façon dont on épelle mon nom. Il m'a également déclaré que, d'après le règlement, on ne pouvait pas l'écrire avec un seul *l*. Et, lui, il a insisté plus longtemps que vous.

— Vous dites que l'accident s'est produit à

l'angle de la Dix-neuvième Rue et de la Sixième Avenue ?

— Tout juste, dit Shirley en inclinant la tête.

Burton soupira et décrocha le téléphone.

— Passez-moi le bureau, dit-il. (Puis il demanda :) Y a-t-il eu un accident d'auto à l'angle de la Dix-neuvième Rue et de la Sixième ? (Un silence.) Quand ? (Un silence.) Je vois... la fille a filé. Je vois... non, ne me dites rien. Il vaut mieux que je ne sache pas. Oui, ça vaut mieux pour ma tranquillité d'esprit. Une voiture s'écrabouille, les deux hommes qui se trouvaient dedans étaient armés et ils sont morts, la fille quitte les lieux de l'accident et vous gardez le secret. Parfait... Et vous m'envoyez tout le matériel... c'est très aimable à vous.

Il raccrocha, regarda Shirley, secoua la tête, sortit un paquet de cigarettes. Il en offrit une à Shirley qui le remercia et accepta. Il lui tendit son briquet, puis lui demanda comment elle se sentait.

— Vaseuse, répondit-elle

— Vous n'êtes pas blessée ? Vous ne voulez pas qu'on vous envoie à l'hôpital ?

— Je suis en parfait état, dit Shirley. Je me sens vaseuse, c'est tout. Je croyais qu'il y avait des limites à la saloperie des bonshommes.

— Non, dit Burton. Il n'y en a pas... Vous étiez dans cette voiture ?

— Comme je vous l'ai dit.

— Racontez-moi de nouveau toute l'histoire depuis le début.

Shirley s'exécuta et cette fois Burton l'interrompit plus souvent pour lui poser des questions. Au cours de l'entretien, un agent entra, apportant une corbeille en fil de fer. Dans ce panier se trouvaient deux pistolets, dont l'un était muni d'un silencieux, un couteau à cran d'arrêt et une grande enveloppe brune. L'agent posa le tout sur le bureau de Burton, qui demanda à Shirley de l'excuser un instant.

— Je peux partir ? questionna-t-elle.

Burton répondit que non, qu'elle devait rester là encore un moment. Avait-elle faim ?

— Ça, c'est la meilleure, dit Shirley. Si j'ai faim ? Non, lieutenant, je n'ai pas faim.

Burton répondit qu'il ne voulait faire jeûner personne et que l'entretien risquait de se prolonger. Il y avait une boîte de cacahuètes sur son bureau. « Servez-vous », dit-il. Shirley secoua la tête. Burton en prit une poignée et se mit à les mâchonner.

L'enveloppe brune contenait les affaires personnelles des deux occupants de la voiture noire. Burton en vida le contenu sur son bureau et le tria : deux portefeuilles, une liasse de billets, des clés, quelques cartouches. Shirley le vit examiner les portefeuilles et sortir de l'un d'eux les deux photos. Il les regarda attentivement, puis les lui tendit.

— Ce sont des photos de vous, Miss Campbel.

Shirley les examina à son tour. Il s'agissait non pas simplement d'instantanés, mais d'excellents portraits qui avaient dû être pris par un professionnel ou par un amateur de talent. Sur l'un d'eux, on voyait de face une jeune fille brune aux sourcils droits, aux yeux noirs, à la bouche bien dessinée, au menton énergique ; avec des cheveux sombres, raides, séparés par une raie médiane, qui lui encadraient la figure jusqu'au niveau du menton. Sur l'autre photo, le visage de l'inconnue était empreint d'une incurable mélancolie, et laissait deviner une angoisse et un désespoir profonds.

Shirley étudia avec soin les clichés et secoua la tête.

— Non, dit-elle en les rendant au lieutenant.

— Ce n'est pas vous ?

— Non.

— Moi, je crois que si, dit Burton.

— Eh ben, vous vous trompez. Je suis tout de même mieux placée pour le savoir.

— Peut-être.

— Comment ça : peut-être ? C'est comme mon nom. Pas moyen de persuader un flic que je sais épeler mon propre nom. Et maintenant, pas moyen d'en persuader un autre que je sais qui je suis !

— Je suis certain que vous savez qui vous êtes, Miss Campbel, dit Burton en souriant. Mais je crois que les gens oublient quelquefois quand on les a photographiés.

— Je ne suis pas Elizabeth Taylor. On ne me photographie pas tous les jours.

Sur ces entrefaites, le policier qui avait apporté le panier réapparut et dit à Burton que s'il avait terminé son examen des pièces, on allait les répertorier. Burton remit le tout dans le panier, sauf les deux photos.

— Je vais les garder encore un moment, dit-il.

Puis il tendit à l'agent un billet de cinq dollars et le pria de lui faire monter du café, des sandwichs et de la pâtisserie danoise. Le policier s'en fut avec le panier et Burton expliqua à Shirley qu'il devait téléphoner à sa femme.

— Je suis censé terminer mon service à dix heures. Mais ça n'arrive pas souvent.

— Et on ne vous paie pas d'heures supplémentaires, dit Shirley en hochant la tête. C'est pas du gâteau d'être fonctionnaire.

— En effet, fit Burton en souriant.

Il appela sa femme, discuta avec elle, et raccrocha l'appareil d'un air sombre. Puis il haussa les épaules et poussa les photos vers Shirley.

— Moi, je crois que c'est vous.

— Vous savez, lieutenant...

— Non, mais je vous écoute.

— Bon. Regardez ces photos. Jamais j'ai eu le cafard à ce point-là. Je vous le garantis. Et regardez l'autre photo. Si par hasard j'avais broyé autant de noir que cette fille-là, je crois que je me serais jetée par la fenêtre ou que je me serais collé une balle dans la tête.

— Vous y avez parfois songé ?

— Qui n'y a pas songé un jour ou l'autre ? Mais je n'ai jamais eu de pépins assez sérieux pour dépasser le stade de l'imagination.

— Je vois. Et comment expliquez-vous cette coiffure ? Il n'y a pas beaucoup de filles qui se coiffent comme ça, actuellement. Aujourd'hui, les gamines de votre âge portent des cheveux bouffants sur le haut du crâne et non pas séparés par une raie au milieu et tombant tout droit jusqu'au menton.

— C'est la coiffure qui me plaît, dit Shirley. Donc, il s'agit d'une coïncidence.

— Et pourquoi est-ce qu'elle vous plaît, cette coiffure ?

— Alors, il faut même que je vous dise pourquoi je me coiffe comme ça ?

— Vous n'y êtes pas obligée. Je suis curieux, voilà tout.

— Bien, bien. Je vais vous expliquer. Vous vous rappelez l'article paru dans *Life* ? Sur la façon de distinguer une fille riche d'une fille pauvre ?

— Je m'en souviens, oui.

— Eh bien, j'ai lu cet article et je me suis dit : « Vous pouvez crever, tous autant que vous êtes. » Je ne sais pas pourquoi ça m'avait mise en boule. Peut-être que je suis le type même de la fauchée. Mais il y a une chose qui m'a frappée : la façon dont les filles de la haute se coiffent. Toutes pareil. Vous vous souvenez ?

Burton acquiesça.

— Alors, je me suis dit : je vais les envoyer sur les roses, eux et leurs théories à la noix. Qu'est-ce qui m'empêche de me coiffer comme une richarde ? Et c'est ce que j'ai fait. Et ça m'a plu. Pas d'épingles, pas de bigoudis, pas de permanente, pas de crêpage. Pas même besoin de salon de coiffure. Quand j'ai besoin d'une coupe, ma copine

Cynthia prend une paire de ciseaux et s'en charge. Elle me croit dingue. Elle me dit : « Shirley, il faut que tu sois maboul pour te coiffer comme ça. Qu'est-ce que tu crois que les gens pensent quand ils te voient comme ça ? » Et je lui réponds : « Je sais ce qu'ils pensent. Ils pensent que je suis pleine aux as. » Alors elle me dit que si je crois que les gens me prennent pour une riche héritière, je suis bonne pour l'asile. Moi, je m'en fiche. Ma coiffure me plaît.

Burton examinait de nouveau les photos tandis que Shirley terminait son petit discours. Il hocha la tête et leva les yeux vers elle.

— Vous êtes une fille peu banale, Miss Campbel.

— Allons donc !

— Voulez-vous me dire où vous êtes née ?

— D'accord. Ce sera tout ? Le Bronx, 7 avril 1942.

— Votre père s'appelait-il Campbel ? Écrivait-il son nom de cette façon ?

— Ça recommence ! Mais qu'est-ce que vous avez tous ? Écoutez, j'ai jamais connu mon père, vous pigez ? Je me coiffe comme une millionnaire, mais j'ai jamais eu le rond. Ma mère m'a dit que mon père s'appelait Campbel. Je prends le nom de ma mère, qui est Clark, et puis je décide de prendre celui de mon père, parce que quand on porte le nom de jeune fille de sa mère, on s'attire des embêtements. J'ai peut-être pas écrit Campbel comme il le fallait, mais j'y changerai rien...

Le visage de Shirley s'était durci, ses yeux sombres, étrécis, avaient pris une expression maussade. Elle commençait à détester Burton, ce bureau et jusqu'à son passé.

Brusquement, elle se leva.

— Rien ne m'oblige à subir cet interrogatoire. Je n'ai pas à répondre à vos questions. Je suis venue ici librement, je vous ai raconté ce qui m'était arrivé. Et maintenant je rentre chez moi.

Elle se dirigea vers la porte. D'une voix étonnamment douce, Burton la rappela :

— Un instant, Miss Campbel, je vous prie.

— Pourquoi ?

— Vous ne pouvez pas partir. Pas encore.

— Dois-je comprendre que vous me l'interdisez ?

— Je crains que oui.

Shirley pivota sur elle-même.

— Pourquoi ? Pourquoi ? Qu'est-ce que j'ai fait ?

— Vous avez tué deux hommes, soupira Burton.

— Quoi ? Vous êtes fou ! Je n'ai tué personne.

— Les deux hommes dans la voiture.

— Vous m'accusez de les avoir tués ? s'écria Shirley d'une voix indignée.

— Vous l'avez reconnu vous-même.

— Qu'est-ce que j'ai reconnu ? Deux gangsters veulent me refroidir. Je me débrouille pour rester en vie et vous m'accusez d'assassinat !

— Non. Ce n'est pas un assassinat, Miss Campbel. Mais c'est un homicide.

— Et qu'est-ce que c'est, un homicide ?

— Lorsqu'on tue sans préméditation, ou pour se défendre, ou dans un accident, ou dans une bagarre, ça s'appelle un homicide. Je ne dis pas que vous avez commis un crime, ni même que vous soyez mêlée à un crime. Mais c'est justement ce que j'essaie de tirer au clair et c'est pourquoi vous ne pouvez pas rentrer chez vous.

Soudain, Shirley se sentit prise de fringale et elle accepta un sandwich au jambon et au fromage et une timbale de café.

— Mais je préférerais que ce soit la municipalité qui paie plutôt que vous.

— Je peux me le permettre. La municipalité a des soucis d'argent, répondit Burton, tandis qu'elle mordait dans le sandwich. (Il était excellent, ou bien elle mourait de faim.)

— Je comprends maintenant ce que ressent le condamné qui boulotte son dernier repas, marmonna-t-elle, la bouche pleine. Dites-moi, lieutenant, quand a-t-on pendu une femme pour la dernière fois, dans l'État de New York ?

— Allons, vous dites des bêtises.

— Comment réagiriez-vous, demanda Shirley, si on venait de vous annoncer que vous avez tué deux hommes ?

— Là n'est pas la question, Miss Campbel. Je n'ai pas dit que vous aviez commis un meurtre. J'essaie simplement de découvrir pourquoi ces deux hommes vous ont attaquée. Et pourquoi avez-vous cru qu'ils voulaient vous tuer ?

— Parce que c'étaient des tueurs.

— Vous en avez connu ?

— Une fois suffit. C'est comme de sauter en parachute. Pas besoin d'entraînement.

— Les aviez-vous vus auparavant ?

— Jamais.

— Avez-vous été mêlée à une histoire louche ? Je veux que vous me disiez la vérité.

— Une histoire louche ?

— La drogue, par exemple ?

— Vous voulez savoir si je suis une camée ? La réponse est non.

— La prostitution ? L'escroquerie ?

— Vous avez de ces questions ! glapit Shirley.

— Il faut bien que je les pose. Vous voulez des gâteaux danois ? Il y en a avec et sans prunes, vous avez le choix.

— Non, merci. Il faut que je surveille ma ligne, même si je ne vis pas de mes charmes.

— Moi aussi. Ma femme me répète que je deviens gras comme une loche. C'est la faute du café, de la pâtisserie danoise et des cacahuètes. Regardez-moi bien, je vais avaler ces deux gâteaux.

— Dans le fond, dit Shirley, pour un flic, vous êtes plutôt sympa. Mais vous avez le défaut de tous les flics. Les gens que vous interrogez, vous croyez toujours qu'ils racontent des bobards. Sinon, pourquoi vous les interrogeriez ? Eh bien, mettez-vous bien ça dans la tête : je n'ai jamais pris quelque chose à quelqu'un sans en payer le prix. Et j'en ai bavé... malgré ma coiffure. Mon père a plaqué ma mère un mois avant ma naissance. Je ne sais même pas s'ils étaient mariés et elle s'est tapé la tête contre tant de murs qu'elle a fini par devenir ivrogne, la pauvre vieille, alors vous voyez sous quelle étoile je suis née. Mais j'ai réussi à m'en sortir et personne ne m'avait jamais traitée de putain jusqu'à aujourd'hui.

— Miss Campbel, dit Burton avec un soupir, je ne vous ai pas traitée de putain et je n'ai jamais insinué que vous en étiez une. Je m'efforce simplement d'aller au fond de cette affaire. (Il poussa les photos vers elle.) Regardez-les encore une fois, Miss Campbel. Personnellement, je reste persuadé que c'est vous.

Shirley les examina de nouveau.

— Et moi, personnellement, je suis persuadée du contraire, dit-elle.

— Aucun doute ?

— Aucun.

— Et, à votre connaissance, vous n'avez jamais été mêlée à des événements qui expliqueraient pourquoi certaines gens désirent votre mort ?

— Je suis parfois sortie avec de drôles de gars, dit Shirley avec un sourire goguenard, et à la façon dont ils se conduisaient, on aurait pu croire qu'ils la désiraient, ma mort. Mais aucun d'eux n'avait assez de fric pour louer une bagnole et deux tueurs à gages. Non, je n'ai pas d'ennemis, lieutenant. Pas ce genre d'ennemis. Peut-être que je ne suis rien, mais les gens que je connais, je ne leur fais pas d'entourloupettes.

Le téléphone sonna ; Burton décrocha, écouta une minute ou deux et demanda :

— Où sont-ils ? À Saint-Vincent ? O.K. (Il raccrocha et dit à Shirley :) C'est bon, Miss Campbel, je ne retiens aucune accusation contre vous et je vais vous laisser partir. Quant à l'histoire de l'homicide, vous pouvez mettre une croix dessus pour le moment.

Shirley poussa un soupir de soulagement et lui demanda pourquoi il avait changé d'avis.

— Je n'ai pas vraiment changé d'avis — c'était simplement une question de procédure. Peut-être que vous me cachez quelque chose, peut-être pas. Moi, je crois que ce sont des photos de vous. Mais il est possible que vous ayez un sosie. Pour l'instant, nous allons vous faire confiance et voir si nous pouvons dénicher la fille que représentent ces photos. Nous venons de découvrir l'identité du petit bonhomme — c'est un nommé Francis Bannister, et il était recherché pour vol à main armée, assassinat et autres peccadilles à Detroit et à Chicago. Ça corrobore votre histoire, n'est-ce pas ?

— Si vous considérez toujours que c'est une histoire.

— Eh bien, je ne sais trop que penser, Miss Campbel. L'ennui, c'est qu'il n'y a pas de preuve. Rien ne prouve que vous étiez dans cette voiture. Vous n'avez pas une égratignure et la voiture a été fortement esquintée, d'après ce qu'on m'a dit. Rien ne prouve que ces deux hommes ont voulu vous tuer ou vous ont menacée. Et rien ne prouve que ces photos ne vous représentent pas. Nous n'avons pas encore identifié l'autre type. Il pourrait être un de vos amis... et avoir sur lui une photo de vous. Ça tient debout.

— Non, ça ne tient pas debout ! rétorqua Shirley, méprisante.

— Je n'affirme rien. Je vous fais simplement remarquer que c'est dans le domaine des choses possibles. Personnellement, je suis enclin à croire que, dans l'ensemble, vos déclarations sont exactes. Peut-être que quand nous en saurons davantage sur ces photos, je croirai tout ce que vous m'avez raconté. En tout cas, je ne vois pas pour quelle infraction je pourrais vous faire arrêter.

— Vous êtes trop aimable, dit Shirley en se levant. On me menace de mort, on m'enfonce des pétards dans les côtes, on me kidnappe, je sors indemne par miracle d'un accident d'auto, et tout ce que vous trouvez à dire, c'est que je n'ai commis aucune infraction. C'est trop beau. Je vais écrire au maire pour lui suggérer de vous donner de l'avancement... Et maintenant, je peux partir ?

— Je vais vous reconduire chez vous, déclara Burton en souriant. Mais je crains que vous ne soyez d'abord obligée de m'accompagner à la morgue. Ce n'est pas très réjouissant, mais il faut que nous vous fassions identifier ces deux hommes de façon formelle.

— Pourquoi ?

— Eh bien, c'est le règlement. Vous êtes la seule qui puisse affirmer qu'ils étaient bien avec vous dans la voiture et ce doit être inscrit dans le dossier. Ça ne prendra que quelques minutes.

— Je n'aime pas les morgues. Je n'y ai jamais mis les pieds, protesta Shirley.

— Vous êtes une fille énergique, Miss Campbel, et vous semblez avoir les nerfs solides. En fait, il ne s'agit pas de la morgue de la police. Les corps sont à l'hôpital Saint-Vincent, probablement dans la salle de pathologie, en attendant l'autopsie.

— C'est une veine, dit Shirley. Une vraie partie de plaisir. J'ai toujours adoré les salles de pathologie. À propos, qu'est-ce que c'est, au juste, une salle de pathologie ?

Shirley, debout aux côtés de Burton, attendait en frissonnant, dans la salle de pathologie, que l'infirmier eût découvert le visage des deux cadavres. Luttant contre la nausée, elle inclina la tête et murmura au policier qu'il s'agissait bien de ses agresseurs.

— Bon. Allons-nous-en, dit Burton, et la prenant par le bras, il la fit sortir de la pièce. Lorsqu'ils furent arrivés dans l'entrée principale de l'hôpital, le lieutenant demanda :

— Eh bien, Shirley — vous permettez que je vous appelle par votre prénom ? — qu'allons-nous faire de vous ?

— Laissez-moi aller me coucher. Même si une guerre éclatait ce soir, il faut que je me lève demain matin à sept heures. Je travaille pour un individu nommé Morrow qui aimerait bien me faire du rentre-dedans, mais comme il n'a pas assez de culot pour ça, il cherche un prétexte pour me flanquer à la porte et son assistant est M. Bergan qui, lui, n'arrête pas de me faire des avances et qui n'arrive à rien, si bien qu'entre eux deux j'ai l'impression de marcher sur une corde raide. Mais comme c'est eux ou le bureau de chômage, j'ai besoin d'une bonne nuit de sommeil.

— Ce n'est pas aussi simple que ça, Shirley.

— Rien n'est simple. Je veux rentrer chez moi et ce n'est pas aussi simple que ça. Même chose pour la nuit de sommeil.

— Vous n'êtes pas inquiète ?

— Je suis fatiguée.

— Écoutez, mon petit, lui dit Burton, ou bien vous vous êtes fourrée dans de vilains draps, ou bien vous ressemblez à quelqu'un qui va vous compliquer considérablement l'existence.

— Que voulez-vous que je fasse ? soupira Shirley. Que je poste un flic devant ma porte ? Est-ce qu'il m'accompagnera au bureau ? Est-ce qu'il gardera la porte quand j'irai au w.-c ? Est-ce qu'il m'accompagnera à mes rendez-vous ?

— C'est plutôt compliqué, hein ?

— Tout ce que je veux, c'est aller dormir, lieutenant.

Burton la raccompagna chez elle.

CHAPITRE III

Le matador

Avant de la déposer devant sa maison de Minetta Street, Burton dit à Shirley :

— À votre place, mon petit, je ne soufflerais pas mot de tout ça jusqu'à nouvel ordre. Les journaux sont au courant de l'accident de voiture, mais nous n'avons rien dit à votre sujet. Il semble qu'un témoin vous ait vue sortir de la voiture, mais à présent il n'en est plus très sûr... vous voulez que je monte jusqu'à votre appartement avec vous ?

— Non, dit Shirley, je suis très capable d'y monter toute seule. J'ai appris quand j'avais dix ans à ne plus avoir peur dans le noir. (Puis elle poussa un profond soupir et ajouta :) Peut-être que ça vaudrait tout de même mieux...

Burton grimpa l'escalier avec elle et, lorsqu'elle ouvrit la porte, il entra le premier, fit le tour du petit appartement et jeta un coup d'œil dans les placards.

— Si vous regardiez aussi sous le lit, suggéra Shirley.

Il obtempéra.

— Je suis heureuse de voir que vous prenez votre métier au sérieux. À présent, tout ce qui m'inquiète, c'est de faire des cauchemars.

— Ça ne m'étonnerait pas. Fermez bien votre porte à clé, Shirley, et s'il se produit quelque chose de louche, appelez-moi au commissariat. Ou à mon domicile. Prenez les deux numéros. (Shirley les inscrivit tous les deux et Burton ajouta :) Je resterai en contact avec vous.

Après avoir quitté Shirley, Burton revint à son bureau et téléphona à Larry, l'adjoint du district attorney pour le comté de New York.

— Vous n'êtes pas encore couché ? demanda-t-il à Cohen.

— Si je l'étais, je ne le suis plus.

— Il faut que je vous voie, dit Burton.

— Ça ne peut pas attendre jusqu'à demain ?

— Non. Je vais m'arrêter chez vous avant de regagner mes pénates. Si, moi, je peux travailler jusqu'à une heure aussi indue, une courte visite ne vous tuera pas.

Une fois chez Cohen, Burton lui fit un bref compte rendu des événements.

— Je n'ai pas arrêté la jeune fille, dit-il. J'ai eu raison ?

— Oui, si vous accordez foi à ses déclarations. Moi, je ne lui ai pas parlé.

— Je crois pouvoir lui faire confiance... autant qu'un flic peut faire confiance à quelqu'un. (Il sortit les photos et les montra à Cohen.) Qu'en pensez-vous ?

— Jolie fille, dit Cohen, mais elle a l'air bien triste.

— L'avez-vous jamais vue ?

C'était une question lancée à tout hasard, mais Burton allait la poser chaque fois qu'il montrerait les photos à un tiers.

— Non... je ne crois pas. Pourtant, ce visage a quelque chose de familier. Oui, il me rappelle quelqu'un.

Cohen, vêtu d'une robe de chambre et encore à moitié endormi, considérait Burton avec curiosité. Puis il prit la photo, alluma une autre lampe et s'étant assis dans un fauteuil bien éclairé, il contempla songeusement le visage de l'inconnue.

— Quel rapport cette photo a-t-elle avec votre histoire ? demanda-t-il.

— Quel rapport ?

— Allons, lieutenant, vous avez l'audace de me réveiller au milieu de la nuit, alors n'essayez pas de jouer au plus fin avec moi. Vous êtes venu me raconter qu'une limousine louée, conduite par deux gangsters, a défoncé une vitrine à l'angle des Dix-neuvième et Sixième Rues, que les deux types sont morts et que selon toute probabilité, ils ont été assassinés par la fille qui se trouvait avec eux dans la voiture...

— Un instant, Larry, interrompit Burton. Je n'ai pas dit qu'ils avaient été assassinés. J'ai dit « tués ». Et encore, toute la question est là.

— Tués. Assassinés. Ça revient au même...

— Pas du tout, et en tant que juriste, vous devriez le savoir.

— Je ne sais rien du tout. À vrai dire, je dors encore. Je ne sais même pas si nous parlons d'une tentative d'assassinat, d'un kidnapping, d'une agression, d'un homicide, d'un cas de légitime défense, ou de quoi encore ? Vous me dites qu'une jeune fille est venue vous informer qu'elle était responsable de l'accident, si accident il y a eu, et que vous ne l'avez même pas arrêtée.

— Parce que je n'avais aucune raison de l'arrêter.

— Bien. À vous entendre, c'est une gosse du Bronx, une fille coriace et travailleuse, qui vit toute seule dans cette métropole et qui s'efforce de joindre les deux bouts, comme moi, soit dit en passant. Et puis vous me mettez cette photo sous le nez. Alors ? Qu'est-ce qu'elle représente ?

— Shirley Campbel, répondit le lieutenant Burton.

— Quoi ?

— C'est la photo de la gosse qui était soi-disant dans la voiture au moment de l'accident, expliqua Burton d'une voix lente et morne.

— Non.

— Comment ça, non ?

— Non. Je vous répète que non. Ce n'est pas la photo d'une fille née dans le Bronx et qui turbine dur pour gagner sa vie. Je vous dis que ce n'est pas la photo de la petite Campbel. Vous l'avez vue. Alors expliquez-moi...

— Je vous l’ai dit : c’est une photo d’elle.

— Admettons, fit patiemment Cohen. Vous l’avez vue en chair et en os. Est-elle coiffée comme ça ?

— Oui. Elle a lu un article sur la façon dont se coiffent les riches héritières.

— Foutaises !

— Elle a aussi un vocabulaire bien à elle, soupira Burton. Vous essayez de me faire croire qu’il s’agit d’une jeune fille de la haute, à la recherche de sensations fortes ? Non, Larry, ça ne colle pas. Même si elle était le professeur Higgins, de *My Fair Lady*, il aurait fallu qu’elle passe dix ans dans le Bronx pour parler comme elle parle. Elle est ce qu’elle paraît être, une gamine à la coule, débrouillarde, qui vit seule rue Minetta et qui travaille à la comptabilité chez les frères Bushwick, fabricants de matières plastiques, rue Houston. Voilà ce qu’elle est et rien de plus.

— C’est aussi une fille qui avoue avoir tué deux hommes.

— Du moins, c’est ce qu’elle dit. Mais ce n’est pas un assassinat et je ne sais même pas si c’est un homicide. Ni si c’est la vérité.

— Vous en doutez ?

— Qu’est-ce qui me prouve qu’elle ne m’a pas menti ? Qu’est-ce qui me prouve qu’elle a mis les pieds dans cette voiture ? Son histoire tient-elle debout ? Est-elle plausible ? Le type qui tenait le volant était un énorme tas de chair et de graisse, pesant dans les cent vingt-cinq à cent cinquante kilos. Une gamine qui, elle, doit en peser à peine soixante aurait-elle pu le forcer, d'une simple pression du pied, à appuyer sur l'accélérateur ?

— Je n'en sais rien, dit Cohen en souriant. Je n'avais pas pensé à ça. Si on essayait ?

— Comment ?

— Vous n'êtes pas un sylphe, lieutenant.

— Merci toujours.

Cohen se leva, alla chercher deux petites chaises et les mit côte à côte.

— Prenez la place du conducteur, dit-il.

— Larry, ne faites pas l'idiot.

— Voilà bien une remarque de flic. Ce n'est pas un crime de réfléchir, même dans la police.

— Charmant, fit Burton d'un ton aigre en laissant tomber son énorme carcasse sur une des deux chaises. Je prie Dieu qu'on vous amène un jour à mon bureau quand vous serez fin saoul.

— Je tâcherai de me saouler dans un autre secteur que le vôtre.

Il s'assit près de Burton, qui leva un pied et saisit à deux mains un volant imaginaire. Au moment où Larry écrasait les orteils de Burton, qui poussa une exclamation de surprise et de douleur, la femme de Cohen apparut, en robe de chambre et l'œil noyé de sommeil ; elle resta bouche bée en apercevant les deux hommes.

— Vous jouez comme ça toutes les nuits quand je dors ? s'enquit-elle. Je me rappelle un conte de fées où il était question d'une princesse qui sortait de son lit pour aller danser sous terre, mais je crois que vous la battez d'une bonne longueur.

— Très drôle, murmura Burton, en massant son pied meurtri.

— Bonsoir, lieutenant, reprit Mme Cohen. Maintenant que nous sommes tous bien réveillés, puis-je vous offrir un peu de café ?

— Je suis désolé, dit Cohen à Burton.

— Du café ?

— Bon, d'accord, dit Burton. Excusez-moi, je vous prie, madame Cohen. Votre mari déteste les flics. Je vis sur une planète où tout le monde déteste les flics. Quand j'étais gosse, le premier vicaire de ma paroisse était l'homme le plus haï de tout le quartier. Tout le monde le méprisait, les gosses, ses acolytes, tout le monde. Un jour qu'il était venu chez nous, mon père lui a demandé : « Bert, combien est-ce qu'on vous paie pour occuper vos fonctions ? — Combien on me paie, a-t-il répondu. Mais on ne me paie pas un sou, je fais ça pour l'honneur. »

— Je vous aime bien, lieutenant, dit Mme Cohen avec un sourire.

— Merci. Combien Larry pèse-t-il ?

— Quatre-vingt-cinq kilos, dit Cohen.

— Quatre-vingt-dix, rectifia sa femme.

— Si vous vous asseyiez ici pour faire une expérience ? Je conduis une voiture. Le pied que je tiens levé est censé appuyer sur l'accélérateur. Essayez de le forcer à se baisser.

— Je suis ravie, dit Mme Cohen. J'adore être

réveillée en pleine nuit pour des petits jeux de ce genre. (Elle s'assit et le pied du lieutenant céda sous le sien.) Et maintenant, à quoi joue-t-on ?

— Donc, elle a pu dire la vérité, murmura Burton.

Shirley s'assit sur son lit et y demeura quelques minutes, sans penser à rien, sans bouger, secouée de petits frissons. Minuit venait de sonner.

Puis elle se leva, alla vérifier que la porte d'entrée était bien fermée, et entra dans la cuisine : elle but un verre de jus de tomate, tout en se demandant si elle devrait se faire du café. Le café la tiendrait éveillée, mais avait-elle envie de dormir ? Et le pourrait-elle ? Elle en voulait à Burton d'être reparti et de l'avoir laissée toute seule ; mais elle ne savait pas ce qu'il aurait pu faire d'autre. Comment peut-on empêcher quelqu'un de vous tuer ? Cette pensée la fit frissonner de nouveau et c'est alors que le téléphone sonna.

Une voix lui demanda en espagnol :

— Allô ! Allô ! Vous êtes bien Miss Campbel ?

Shirley avait fait quatre ans d'espagnol en classe. Elle était d'ailleurs plutôt douée. Scrutant sa mémoire, elle chercha mentalement une réponse. Mais elle ne dit rien et la main avec laquelle elle tenait le téléphone tremblait un peu.

— Vous êtes là, Miss Campbel ? reprit la voix.

— Oui, murmura Shirley, en anglais.

— Alors, vous comprenez l'espagnol ?

— Oui. Je l'ai appris au collège, dit-elle d'un ton

presque agressif. Pendant quatre ans, précisa-t-elle, toujours en anglais. C'est pourquoi je vous comprends, alors ne vous faites pas d'illusions. Je ne sais pas qui vous cherchez, mais en tout cas, c'est pas moi... alors fichez-moi la paix, vous et vos tueurs à gages.

Parlant toujours en espagnol, l'homme au bout du fil rétorqua :

— Puis-je vous appeler Carlota et mettre fin à cette comédie ?

— Non, vous ne pouvez pas ! hurla Shirley. Je ne suis pas Carlota, ni personne que vous connaissiez et ces photos n'étaient pas moi, vous entendez !

— Quatre ans d'espagnol à l'école, reprit la voix. Voilà qui est curieux. Je me rappelle que votre mère n'avait aucune estime pour cette langue. Elle ne voulait parler avec vous que le français ou l'anglais. Rien d'autre.

— Je ne suis pas Carlota, dit fermement Shirley.

— Bien sûr. (L'inconnu se mit à parler anglais avec un fort accent étranger.) Ce qui s'est passé aujourd'hui, Miss Campbel, c'est un accident. Une erreur. Rien de plus. Allez vous coucher, dormez et n'y pensez plus. Oubliez.

— Tout le plaisir est pour moi, murmura Shirley, mais son interlocuteur avait déjà raccroché.

« Non, se dit Shirley, ça ne peut pas continuer comme ça. Ce n'est pas une vie pour une jeune fille. Autant être hôtesse de l'air ou femme cosmonaute. »

Sans hésiter, elle appela Burton au commissariat. On lui dit de téléphoner chez lui. Burton venait de rentrer et Shirley lui raconta en substance sa conversation au bout du fil avec l'inconnu.

— Carlota ? dit Burton. Carlota quoi ?

— Je ne sais pas.

— Vous êtes sûre qu'il parlait espagnol ?

— Oui, j'en suis sûre, dit Shirley. Alors, qu'est-ce que je fais, maintenant ? Je me jette par la fenêtre, histoire de leur simplifier l'existence ?

— Assurez-vous que votre porte est bien fermée à clé et allez dormir.

— Je vais dormir comme un loir, rétorqua Shirley, d'un ton amer.

Chose curieuse, elle s'endormit en effet, mais il était alors deux heures du matin. Elle tira les couvertures sur elle, se recroquevilla dessous, et tomba dans un sommeil profond dont son réveil la tira à sept heures.

— Beau temps pour la saison ! déclara M. Bergan en s'arrêtant près du bureau de Shirley, dans le courant de la matinée. Mais vous, mon petit, vous avez la mine de quelqu'un qui n'a pas assez dormi.

— ... Pouvez crever, déclara Shirley.

— Enfin, qu'est-ce que je suis donc pour vous, Shirley ? fit-il, d'un ton implorant. Je vous le demande, ma chère Shirley, comment est-ce que je peux mériter pareil traitement ?

— Vous êtes un type odieux.

— Savez-vous ce qui cause quatre-vingt-dix pour cent des drames de ce bas monde ? Savez-vous ce qui déclenche les guerres, les catastrophes et autres fléaux ? Savez-vous pourquoi la moitié de la population de cette planète exècre l'autre moitié ?

— Non, dites-le-moi, fit Shirley dont les doigts tapaient automatiquement sur sa machine.

— Le mépris. Le mépris pur et simple. Il n'est pas besoin de connaître Freud sur le bout du doigt pour savoir l'effet que le mépris peut avoir sur les gens. Prenez mon cas, par exemple. Je suis grand, beau garçon, diplômé de Brooklyn College, gentleman jusqu'au bout des ongles, j'ai trente ans...

— Où est passée la fiche de la maison Ginsberg ? interrompit Shirley. Vous deviez la faire perforer. Vous savez, depuis que je suis arrivée ici, nous n'avons jamais été fichus d'envoyer une facture correcte à la maison Ginsberg. Ou l'adresse est fausse, ou la somme est fausse, ou les deux.

— C'est tout ce que je représente à vos yeux, une carte perforée ?

— Voici M. Morrow, dit Shirley.

À midi, Cynthia Kugelman déclara à Shirley qu'à son avis M. Bergan avait des intentions sérieuses, car il s'était arrêté près du bureau de Cynthia et l'avait questionnée sur la famille de Shirley.

— À mon avis, c'est à ça qu'on voit qu'un homme envisage le mariage, dit-elle. Dès qu'ils veulent connaître votre pedigree, c'est un grand pas de franchi, si tu vois ce que je veux dire.

— J'ai un pedigree qui bat tous les records, reconnut Shirley. Écoute, déjeunons toutes les deux parce que j'ai un secret tellement formidable à te confier que, si je ne t'en parle pas, je sens que je vais éclater. Et puis, j'ai les nerfs en pelote.

— Tu n'as pas de nerfs, dit Cynthia. (C'était une grande fille mince, qui se teignait en blond depuis un mois. Shirley estimait que cette couleur lui allait à ravir et insistait pour qu'elle la gardât.) C'est moi qui suis d'un tempérament nerveux, pas toi, continua Cynthia. C'est ce que disent toujours mes flirts, que je suis nerveuse. Je leur réponds que je suis hypersensible, mais ils affirment que non, que je suis nerveuse... Mais toi ?

— Attends un peu, dit Shirley.

En bas, devant l'immeuble, M. Bergan leur barra le passage et leur déclara qu'il serait très honoré de leur offrir à déjeuner.

— Une autre fois, dit Shirley en souriant.

— Vous n'êtes pas souffrante ?

— J'ai l'air souffrante ?

— Vous m'avez souri, dit M. Bergan.

— Pouvez crever, fit Shirley.

— Tu vois que la situation évolue, n'est-ce pas ? demanda Cynthia tandis qu'elles descendaient la rue Houston.

— Peut-être. Mais c'est douloureux de voir à quel point les hommes qui s'intéressent à vous perdent de l'importance quand vous savez que d'autres hommes veulent vous tuer.

— Les hommes sont comme ça, dit Cynthia en haussant les épaules. On ne peut pas vivre avec eux et on ne peut pas vivre sans eux.

Mais lorsque, au restaurant Kaplan, tout en mangeant des sandwichs au corned-beef et en buvant un jus de céleris, Shirley raconta à son amie les événements de la nuit précédente, Cynthia demeura sans voix et, le visage livide, regarda fixement Shirley. Celle-ci termina le sandwich, le chou rouge et les frites.

Au bout d'un moment, Cynthia murmura :

— Et tu restes assise là, à manger...

— J'ai faim, retorqua Shirley. Mais, tu sais, je ne crois pas que notre régime soit très nourrissant — un jour de la pizza, le lendemain du corned-beef aux choux avec des frites. Le malheur, c'est que, quand je songe à ce qui me fait envie, c'est toujours un sandwich au corned-beef. Ou une pizza. On n'en sort pas.

— Comment peux-tu parler de nourriture ?

— Où est le mal ?

— Mais qu'est-ce que tu vas faire ?

— Rien.

— Tu veux dire que tu vas les laisser te tuer sans lever le petit doigt pour te défendre ?

— Mais ils se gourent complètement, Cynthia ; tout est là. Ce n'est pas moi qu'ils veulent tuer. C'est quelqu'un d'autre.

— Ça, c'est formidable ! Admirable ! Alors, tu

vas avoir droit à un enterrement de première classe parce qu'il y a erreur sur la personne !

— Qu'est-ce qu'il faut que je fasse ?

— Il me semble que la dernière chose à faire, c'est de rester ici, à parler régime. Tu vas écourter ta vie de cinq ans si tu continues à te nourrir de corned-beef et de pizza. Mais il est évident comme le nez au milieu du visage que ces crapules ont bien l'intention d'écourter ta vie de beaucoup plus de cinq ans.

— C'est la vérité vraie, admit Shirley d'un air sombre.

— Alors, fais quelque chose !

— Quoi ?

— Quoi ? Quoi ? Cesse de répéter ça. Avertis-les de leur erreur.

— Qui ça ?

— Qui ? Mais les types qui veulent te tuer.

Shirley eut un sourire penaud qui traduisait fort bien ses sentiments. Cynthia fit observer d'un ton indigné qu'il n'y avait vraiment pas de quoi rire ; elle semblait si anxieuse qu'elle fit peine à Shirley.

« Pauvre Cynthia, songea-t-elle, pauvre Cynthia. »

Elle dit à haute voix :

— Je ne connais pas ces gars-là, voilà l'ennui. Je ne sais pas qui veut me tuer, ni pourquoi. Tout ce que je sais, c'est le genre de films où le mari fait des tas de projets extravagants pour supprimer sa femme ou pour la rendre dingue, et où l'on se tortille de plaisir et de trouille sur son siège, parce qu'on sait que le flic de Scotland Yard va surgir au bon moment... eh bien, ce genre de films, je n'irai plus les voir.

— Voilà ! Le flic ! s'écria Cynthia. Comment s'appelle-t-il ?

— Burton.

— C'est ça, Burton. Eh bien, laisse-moi te dire, mon chou, que c'est son devoir de te protéger. C'est pour ça que nous les payons.

— Cynthia, ma vieille, sers-toi de tes méninges, conseilla Shirley. Comment veux-tu qu'il me protège ?

— Comment ? Il a vingt ou vingt-cinq mille flics à sa disposition, ça ne suffit pas ?

— Il ne les a pas. Il n'est que lieutenant.

— Alors qui les a ? Il devrait te faire garder jour et nuit.

— Ça serait épatant, soupira Shirley. Ce serait vraiment épatant que je passe le reste de ma vie entourée de flics. Je pourrais même finir par en épouser un, avec un peu de chance. Mais il y a un os. Je ne crois pas que Burton me fasse confiance. Je crois qu'il n'arrive pas à décider si je suis cinglée ou non. Même cette nuit... l'histoire du coup de téléphone, je ne sais pas s'il y a cru. J'ai lu un jour un article d'après lequel quand il y a un crime ou un assassinat, toutes sortes de cinglés se précipitent chez les flics pour se déclarer coupables.

— Et les photos ? interrogea Cynthia.

— C'est ça qui le chiffonne, reconnut Shirley. Je parie même qu'il se creuse la cervelle pour comprendre comment elles ont atterri dans le portefeuille du gros. Mais il est toujours persuadé que ce sont des photos de moi.

— Et c'est vrai ?

— Je n'en sais plus rien.

Au cours de l'après-midi, M. Bergan s'arrêta près du bureau de Shirley et demanda :

— Shirley, êtes-vous disposée à parler sérieusement pendant une minute ?

Cette question indiquait qu'une nouvelle étape venait d'être franchie et Shirley songea qu'on ne pouvait pas envoyer sur les roses un homme qui nourrissait des intentions sérieuses, quels que fussent vos propres sentiments à son égard. Elle commença à élaborer mentalement une réponse dans ce goût-là : « J'apprécie vos propositions, monsieur Bergan, et je me sens très honorée, croyez-le bien, mais, à franchement parler, une telle idée ne m'était jamais venue à l'esprit. Je n'ai jamais éprouvé ce genre de sentiment pour vous et il me semble qu'à moins qu'une jeune fille ne ressente à l'égard d'un monsieur un sentiment de cette nature, dès le début... un choc électrique, comme on dit, il perd son temps en insistant et ça ne peut qu'entraîner des désagréments de part et d'autre. »

Satisfaite de cette tirade, elle allait l'essayer sur M. Bergan lorsqu'elle se rendit compte que le sujet de l'entretien n'avait aucun rapport avec la question sentimentale.

— C'est au sujet de quelque chose qui s'est

passé juste avant que vous ne reveniez déjeuner. Vous ne connaissez pas de matador, n'est-ce pas ?

Pour une fois dans sa vie, Shirley demeura sans voix ; enfin, après avoir avalé sa salive à plusieurs reprises, elle parvint à répondre qu'à moins d'une défaillance de mémoire, elle croyait bien ne connaître aucun matador.

— Ah ? Il a posé des tas de questions sur vous.

— Qui ça ?

— Le matador, répondit M. Bergan d'une voix faible.

— Je ne sais vraiment pas de quoi vous parlez, monsieur Bergan, dit Shirley. Quel matador ? Je vous ai dit que je n'en connaissais pas.

— Eh bien, ce type n'a pas cessé de poser des questions sur vous, et je me suis dit que ce devait être un matador.

— Comment ça ? Il portait un costume de soie avec une cape rouge ?

— Non, non. Il portait un complet noir, mais qui le moulait comme un gant. C'est sa façon de s'exprimer et de se tenir, sa coupe de cheveux qui m'ont fait songer à un matador. Vous vous rappelez Tyrone Power, avec ses côtelettes ?

— Il avait l'accent espagnol ? interrompit Shirley.

— Comment l'avez-vous deviné ?

— Ben, forcément... un matador ! Quoi encore ? Quel genre de questions a-t-il posées ?

— À quelle date vous êtes arrivée ici ; où vous êtes née ; votre âge ; si vous parliez espagnol ?

— Ma parole, à New York, on peut s'attendre à tout, soupira Shirley. Et que lui avez-vous répondu ?

— Je lui ai répondu d'aller au diable, déclara M. Bergan avec dignité. Vous le connaissez, Shirley ? Il ne m'a pas plu du tout. Qui est-ce ?

— Un matador, dit Shirley. Que pourrait-il être d'autre ?

À cinq heures, Cynthia déclara à Shirley qu'elle allait la raccompagner chez elle. C'était, ajouta-t-elle, la moindre des choses qu'une amie pouvait faire pour une amie. « Tu es folle », lui dit Shirley, mais Cynthia insista.

— Note que je t'en suis très reconnaissante, mais c'est comme si tu raccompagnais chez lui un ex-membre de la Mafia qui est passé aux aveux devant une commission du Congrès. Je te suis très reconnaissante, mais tu devrais consulter un docteur.

M. Bergan apparut à ce moment-là et entendit ces derniers mots.

— Il y a quelque chose qui vous tracasse, toutes les deux, dit-il. J'ai le dos large. Pourquoi ne pas y déverser vos ennuis ?

— Après les heures de travail, rétorqua Shirley, je confie mes ennuis à mon psychiatre. Pourquoi croyez-vous que je le paie vingt-cinq dollars de l'heure ?

— Toujours le sarcasme à la bouche, dit tristement M. Bergan. Vous croyez qu'on trouve des amis comme ça à la pelle ? Laissez-moi vous dire une chose : d'après les statistiques, il y a dans ce pays une femme et trois huitièmes pour un homme célibataire. Ce qui me place au moins sur le marché.

— Eh bien, allez-y, et achetez, dit Shirley en entraînant Cynthia.

Elle ne tarda pas à avoir des remords lorsque Cynthia lui fit remarquer que M. Bergan ne cherchait qu'à lui venir en aide.

— Et tu ne crois pas que nous en avons besoin ? ajouta-t-elle d'un ton accusateur. Tu sais, il est plutôt beau gosse, en un sens. Et il est grand.

— Les arbres aussi.

— Quoi ?

— Les arbres sont grands. Oh ! Cynthia, fais pas attention, j'ai les nerfs en pelote. Je n'avais pas l'intention d'être désagréable. Mais M. Bergan me rend mauvaise. Dans le fond, il est bien brave.

— C'est pas réjouissant de penser à la mort un jour de printemps, soupira Cynthia.

Shirley comprit exactement ce qu'elle voulait dire. Bien que les giboulées d'avril fussent inscrites au calendrier, le temps s'était maintenu au beau fixe depuis plusieurs jours, et, en cette fin d'après-midi, la ville baignait dans une lumière dorée. Les gens se promenaient avec un air de lassitude heureuse et même le flot de camions qui descendait en grondant la rue Houston semblait se mouvoir avec plus de lenteur et d'élégance. La ville avait tant de charme et la brise vespérale était si fraîche que, par contraste, le cœur de Shirley lui semblait aussi lourd que du plomb.

— À quoi penses-tu ? demanda Cynthia.

— Je pensais au genre de rendez-vous que j'aimerais avoir ce soir, si j'avais un rendez-vous...

— Écoute-moi bien, dit Cynthia. La dernière chose à laquelle tu devrais penser, c'est à la bagatelle. Tu sais ce que je pense, moi ?

— Quoi ?

— Tu devrais disparaître.

— Tu es folle.

— Je t'affirme que tu devrais disparaître. Si tu n'es pas dans le secteur, on ne pourra pas te tuer. C'est logique, non ?

— Personne ne disparaît, répondit Shirley avec impatience.

— Non ? Et le juge Crater ?

— Qui était le juge Crater ?

— Quelqu'un qui s'est évanoui dans la nature. En fait, c'est une histoire classique. Alors ne me raconte pas que personne ne disparaît.

— Bon sang ! Cynthia, où veux-tu que j'aille ?

— Tu peux venir t'installer chez moi, proposa généreusement Cynthia.

— Merci. Ça, c'est ce qui s'appelle s'évanouir dans la nature. Et quand nous irons travailler ensemble tous les matins à neuf heures ?

— Tu vas peut-être être obligée de donner ta démission.

— Riche idée. Comme ça, je n'aurai plus qu'à mourir de faim. (Elle garda un moment le silence et dit :) Tu sais, Cynthia, toute cette histoire commence à m'embêter sérieusement.

Arrivée devant la maison de Shirley, Cynthia lui dit bonsoir et lui conseilla non seulement de fermer sa porte à clé, mais de placer une chaise sous la poignée.

— Je connais le truc, il n'est pas employé qu'au cinéma, dit Cynthia. Je sais qu'il donne de bons résultats, à cause de ma tante Anna et de mon oncle Frédérick. Ils étaient toujours en train de se prendre aux cheveux, mais comme ma tante avait deux fois la taille de mon oncle, c'était toujours elle qui le bousculait. Alors un soir, il s'est enfermé dans la chambre à coucher, il a glissé une chaise sous la poignée de la porte et il a déclaré à ma tante qu'il ne sortirait pas de là pendant une semaine. Eh bien, il a fallu qu'on fasse sauter les gonds de la porte... En tout cas, je te souhaite une bonne nuit, conclut Cynthia, et, pour l'amour du Ciel, sois prudente !

Il vint à l'esprit de Shirley qu'elle pourrait inviter Cynthia à partager son repas de corned-beef et d'œufs. Elle avait souvent pensé que son amie avait la langue un peu trop bien pendue, mais ce soir-là, elle ne pouvait rien imaginer de plus réconfortant que de la faire bavarder sur l'oncle Frédérick et la tante Anna, les raisons de leurs disputes, le temps que l'oncle avait passé dans la chambre, et sur ce qui était arrivé une fois qu'on avait enlevé les gonds et expulsé l'oncle de son refuge. Toutefois, Shirley possédait un sens aigu de l'équité et elle dut s'avouer qu'inviter Cynthia à monter chez elle équivalait à donner une boîte d'allumettes à un enfant maladroit pour qu'il s'amuse avec. À contrecœur, mais fermement, elle répondit au bonsoir de Cynthia et grimpa les quelques marches qui menaient au vestibule de l'immeuble.

Il n'y avait pas d'appartements au rez-de-chaussée de la vieille maison qu'habitait Shirley. Lorsqu'elle avait été convertie en appartements, au cours des années 30, on avait construit deux magasins au rez-de-chaussée. Ainsi, lorsqu'on venait de la rue, on pénétrait dans un vestibule long et étroit, divisé sur la moitié de sa longueur par un escalier conduisant au second étage et éclairé par une seule ampoule, pendue au plafond.

Shirley entra, ferma la porte derrière elle, et fit trois ou quatre pas en direction de l'escalier ; elle eut soudain l'impression qu'elle n'était pas seule, qu'il y avait quelqu'un tout près d'elle, qu'elle entendait un souffle, un mouvement furtif. Elle se rappela avoir lu une histoire où il était question d'un homme auquel on injectait une drogue puissante et qui la sentait se répandre dans tout son corps. Shirley sentit de même la panique l'envahir, lui courir le long de l'échine, gagner toutes les extrémités de son corps et, suffoquant d'angoisse, elle aspira l'air à grandes goulées, tandis que sa poitrine se soulevait et s'abaissait. Cela ne dura qu'un moment. Elle avait retrouvé son sang-froid lorsque l'homme surgit de derrière l'escalier.

— *Buenas noches*, Señorita Carlota, dit-il doucement.

Shirley comprit aussitôt pourquoi M. Bergan l'avait qualifié de matador. Il en avait l'allure svelte et nerveuse. Il était petit, pas plus grand que Shirley, très mince, et le pantalon de son complet noir était presque aussi collant qu'un maillot. Il portait une chemise blanche avec une cravate jaune, ses cheveux noirs étaient longs et épais, ses pattes de lapin lui arrivaient presque aux lobes des oreilles. Il avait les yeux noirs, le teint mat, et tenait à la main droite un couteau à cran d'arrêt. La lame avait au moins quinze centimètres de long.

Il se balança sur la plante des pieds, en oscillant légèrement de droite et de gauche, puis il avança vers Shirley à petits pas.

« C'est un fou, songea Shirley, le cœur battant, et ses pensées allaient encore plus vite que son cœur, c'est un fou et un camé. Il est bourré de drogue, incapable de se dominer, alors ne fais pas de mouvements brusques. Ne lui tourne pas le dos, Shirley, pour l'amour du Ciel, ne lui tourne pas le dos. Ne t'affole pas. Ne cours pas. »

— Je ne suis pas Carlota ! dit-elle en anglais, d'un ton sec. Idiot ! Vous êtes un idiot ! Regardez-moi ? Suis-je Carlota ?

Il s'immobilisa et sourit, d'un sourire pâle, dénué de tout humour.

— *¿De veras ?* demanda-t-il et sa langue effilée et rosâtre passa rapidement sur ses lèvres minces. *Me alegro*. (Il jubilait. Il reprit en anglais :) Aucune importance. Moi jamais vu la Señorita Carlota. Qu'est-ce que ça foutre ?

— Pour moi, ça a de l'importance ! s'écria Shirley.

— Ah ! oui ? Bientôt, plus rien avoir de l'importance pour vous !

— Salaud ! (Shirley cracha sur le sol.) Tuer les femmes pour de l'argent, c'est ça, votre métier ? J'ai vu des bêtes qui valaient mieux que vous, pendues aux crocs des charcuteries.

— À genoux, vermine, fit-il avec un sourire grimaçant.

— Sans blague... Eh bien, allez-y ! Faites-moi voir comment vous tuez une femme !

— Je hais les femmes. Je vous hais.

— *Cobarde*, murmura Shirley. Je suis bien contente de me rappeler ce mot-là... lâche, lâche ! (Il se remit à se balancer et le couteau trembla dans sa main.) Quelqu'un vous a pris pour un matador aujourd'hui. Vous entendez ça, *cobarde* ? Quelle blague ! Vous n'êtes pas un matador... (Elle entendit la porte s'ouvrir derrière elle et cria, au moment où l'homme se jetait sur elle, le couteau en avant)... Vous êtes un charognard !

Elle fit un bon de côté et derrière elle, un coup de feu éclata ; le petit homme se figea en plein océan, oscilla comme au bout d'un crochet invisible, lâcha le couteau et tomba sur les genoux, la main gauche plaquée sur l'épaule droite. Au moment où il allait ramasser le couteau de la main gauche, Burton surgit et lui décocha un coup de pied dans la figure. L'homme tomba et glissa comme une quille sur les dalles du vestibule.

Il demeura étendu, les yeux fermés ; le sang s'étala sur son complet noir, y dessinant une tache plus sombre. Burton prit le couteau et, comme il se tournait vers Shirley, elle lui dit :

— Vous n'aviez pas besoin de lui donner un coup de pied. Il est moitié moins grand que vous. Mais un flic reste toujours un flic. Je parie que vous êtes fier de vous.

Burton en eut le souffle coupé pendant un bon moment.

— Ça alors, c'est le bouquet, dit-il.

CHAPITRE IV

Le prince

Lorsque l'ambulance eut emmené le matador à l'hôpital, que l'ordre eut été rétabli dans la rue Minetta et la foule dispersée, le lieutenant Burton grimpa deux étages et frappa à la porte de l'appartement de Shirley. À travers le panneau, il pouvait sentir l'odeur alléchante du corned-beef frit à la poêle. Il attendit que Shirley eût tiré quelque chose derrière la porte. Puis elle lui ouvrit.

— Ah ! c'est vous, dit-elle. J'avais coincé une chaise sous la poignée.

— Comment avez-vous eu cette idée de génie ? demanda Burton, d'un ton quelque peu agacé.

— Ce n'est pas une idée de génie et ce n'est pas moi qui l'ai eue. Il se trouve que mon amie Cynthia Kugelman avait une tante Anna et un oncle Frédérick qui passaient leur temps à se disputer. C'est tout.

— C'est tout ?

— Exactement. Est-ce qu'il vivra... ou êtes-vous une sorte d'exécuteur des hautes œuvres ?

— Il voulait vous tuer, dit Burton. Vous ne pouvez donc pas vous mettre ça dans la tête ?

— Tout le monde veut tuer quelqu'un, rétorqua Shirley en rentrant dans sa cuisine exiguë pour jeter un coup d'œil sur son hachis. C'est comme dans la jungle, en pire. Est-ce que ça vous donne le droit de tirer sur tout ce que vous voyez ? Les flics sont tous les mêmes. Vous avez faim ?

Comme tous ceux qui connaissaient Shirley, Burton se trouva pris au dépourvu par son habitude de passer du coq à l'âne sans la moindre transition. Il se contenta donc de la regarder et émit l'opinion qu'elle était une jeune personne remarquable.

— Merci. En ce cas, écrivez-moi une lettre de recommandation pour les frères Bushwick, afin qu'ils ne me flanquent pas à la porte en apprenant que je suis poursuivie par des voyous en pantalon collant et armés de couteaux à cran d'arrêt. D'ailleurs, ne croyez pas qu'il m'aurait tuée si vous ne lui aviez pas tiré dessus. Il n'était guère plus costaud que moi et il tremblait tellement qu'il a failli lâcher le couteau. Et qui plus est, j'en ai marre de toute cette histoire.

— J'en prends bonne note, dit Burton, aigrement.

— Avez-vous faim ? répéta-t-elle.

— Non.

— Avez-vous dîné ?

— Non.

— Vous ne vous sentez pas bien ? Vous devriez avoir de l'appétit.

— J'ai de l'appétit. Et je vais m'expliquer clairement, Miss Campbel. J'ai de l'appétit, mais j'ai également promis à ma femme que, pour une fois, cette semaine, je rentrerais dîner chez moi. Par conséquent, je dînerai chez moi ce soir, si c'est humainement possible. Vous avez compris ?

— Mon Dieu ! dit Shirley, à vous entendre, on croirait que j'essaie de vous enlever ou de vous séduire. Soyez bien persuadé, lieutenant, qu'il n'est pas dans mes habitudes de faire des avances aux hommes qui ont le double de mon âge. Et je serais la dernière personne au monde à vouloir vous empêcher de rentrer chez vous et de dîner avec votre femme.

— Parfait. Je suis venu vous dire que vous deviez rester ici, dans cet appartement, avec la porte verrouillée et une chaise sous la poignée, si tel est votre désir... et qu'il vous est interdit de mettre le nez dehors jusqu'à mon retour.

— Tiens ? Nous voilà brusquement plongés en pleine dictature ? Depuis quand êtes-vous censé me faire la loi ?

— Depuis tout de suite. Que faut-il que je fasse, que je vous emmène avec moi et que je vous boucle dans une cellule ?

— Charmant ! Et en quel honneur ?

— Pour ma propre tranquillité d'esprit. Peut-être que ce serait la meilleure solution, après tout.

— Bon, soupira Shirley. Qu'est-ce que je dois faire ?

— Rester ici jusqu'à ce que je revienne.

— Et quand reviendrez-vous ?

— Je ne sais pas... mais ce sera avant minuit. Fourrez dans une valise ce dont vous aurez besoin pendant quelques jours ; entre-temps, je vais voir quelles sont les dispositions à prendre à votre sujet et ce que nous allons tirer du type au couteau. Si ça peut vous faire plaisir de le savoir, il n'est pas en danger de mort.

— Tant mieux. Et quelles dispositions allez-vous prendre à mon sujet ?

— Je ne sais pas. Nous allons peut-être vous installer dans un hôtel où nous pourrons avoir l'œil sur vous... ou dans une cellule. Je crois que la cellule serait préférable.

— Comme c'est drôle, dit Shirley. Il n'est rien que j'apprécie plus que le sens de l'humour chez un flic.

Mais, après le départ de Burton, Shirley se dit qu'il avait peut-être parlé sérieusement et qu'elle n'allait pas tarder à se retrouver en taule. Elle jeta un regard autour d'elle : jamais l'appartement ne lui avait paru plus intime et plus confortable, bien qu'une des chaises de la cuisine fût calée sous la poignée de la porte d'entrée.

Cet appartement était l'histoire de la vie de Shirley et en constituait le point culminant. Il marquait chaque étape de sa lutte pour l'existence, révélait son esprit d'indépendance, ses goûts, son désir de stabilité. Les lignes simples, élégantes, des meubles modernes et bon marché, les couleurs vives et audacieuses, les gravures accrochées au mur — tout cela en apprenait autant sur Shirley qu'aurait pu le faire sa biographie. Le résultat témoignait de sa candeur audacieuse et de son sens du confort, et à la pensée de quitter tout cela pour une cellule de prison, Shirley eut du mal à refouler ses larmes.

Debout dans la cuisine, elle considéra sans enthousiasme le corned-beef haché à la couleur appétissante, puis elle éteignit le gaz sous la poêle. De toute façon, elle n'avait pas faim, elle détestait manger seule, et elle en avait assez, du corned-beef haché, des sandwichs au corned-beef et des pizzas. Elle était furieuse qu'une série d'événements invraisemblables eût attiré l'attention sur elle et son exaspération était telle qu'elle en oubliait sa peur. De sorte que, lorsque la sonnette retentit, elle se dirigea vers la porte en maugréant.

— Qu'est-ce que c'est encore ?

Sa première pensée fut que Burton était de retour et elle cherchait déjà la remarque acerbe par laquelle elle se proposait de l'accueillir quand on sonna de nouveau :

— Qui est là ? demanda-t-elle.

— Miss Campbel, puis-je entrer s'il vous plaît ? questionna une voix jeune, inquiète et respectueuse. Cette voix avait l'accent anglais et comme beaucoup d'Américains, Shirley éprouvait la plus vive admiration pour l'accent anglais. Quel que fût le rôle que jouait un acteur britannique, Shirley ne parvenait pas à le prendre en grippe. Un accent anglais inspirait automatiquement confiance. Elle et Cynthia avaient un jour accordé un double rendez-vous à deux marins britanniques qu'elles avaient rencontrés à la cafeteria du *Metropolitan Museum of Art.* Shirley avait été d'avis qu'elles n'auraient pas dû se laisser « draguer » par des inconnus, surtout par des matelots, mais Cynthia protesta qu'un rendez-vous accordé dans un musée ne pouvait guère être qualifié de « dragage ». Il s'avéra, en fin de compte, que les deux marins étaient des garçons bien élevés et elles passèrent en leur compagnie une soirée très agréable. Ce qui confirma Shirley dans l'idée que l'accent anglais était l'apanage des gens bien ; néanmoins, ce soir-là, elle ne se sentait aucune envie d'ouvrir sa porte et elle demanda à l'inconnu qui se trouvait derrière qui il était et ce qu'il désirait.

— Il faut que je vous parle, dit-il. Mon nom ne vous apprendrait rien, mais je vous jure sur l'honneur que je ne vous veux aucun mal. Je sais que vous êtes en grand danger, mais moi aussi, croyez-moi.

— Il y a un flic dehors, comment avez-vous pu entrer ?

— J'étais là, à l'étage au-dessus. Je suis venu avec Seppi, l'homme qui a été abattu. Je vous en supplie, laissez-moi entrer. C'est dangereux pour moi de rester sur le palier.

— Dangereux pour vous ? Je vous affirme, mon

petit, qu'étant donné ce qui s'est passé, si je vous ouvrais la porte, ce serait encore plus dangereux pour moi. J'aimerais vous être utile, mais ce n'est pas possible. Alors, filez !

— Je vous en supplie ! dit la voix.

C'était la voix d'un homme vaincu et en proie à la panique — une panique telle que Shirley n'en avait encore jamais ressentie. Ce fut la seule raison que Shirley se donna à elle-même en ouvrant la porte. Elle ne pouvait rien redouter d'un homme qui semblait si désespéré et si effrayé ; mais il y avait à son geste une explication plus plausible : certaines gens peuvent vivre derrière des portes cadenassées et verrouillées, et refuser de les ouvrir parce qu'on le leur a défendu. Shirley n'était pas de ceux-là. C'était *sa* porte, aurait-elle dit.

Elle ouvrit ; un jeune homme entra. Elle donna un tour de clé derrière lui, en se répétant qu'elle n'avait rien à craindre : il avait lui-même trop peur pour être dangereux. Elle cala de nouveau la chaise sous la poignée, fit face au jeune homme et lui dit d'un ton ferme :

— Et maintenant, si vous me racontiez pourquoi vous étiez en haut alors que ce jeune voyou aux allures de torero était en bas et quels rapports il y a entre vous et lui ?

Il la regarda fixement et secoua la tête. Il était mince, grand, blond et ne devait guère avoir plus de vingt-deux ou de vingt-trois ans. Il avait des cheveux d'un blond paille, des yeux bleus, un nez long et étroit et une bouche sympathique. Du moins

Shirley la jugea-t-elle ainsi et elle accordait une grande importance aux bouches. Elle n'avait pas besoin de se former une opinion sur les gens, pas plus qu'elle ne s'en formait sur les robes, les tableaux, les livres ou les flics. Ou elle les aimait ou elle ne les aimait pas et ce garçon lui plaisait, bien qu'il manquât de cran. Il avait la frousse et les gens pusillanimes l'agaçaient. Elle lui déclara qu'il était en sécurité, derrière une porte bien fermée et qu'il n'avait aucune raison de ne pas se détendre un peu. Il continuait à la regarder fixement et son regard exprimait à la fois la stupéfaction, l'incrédulité et l'inquiétude.

— Eh bien, dit Shirley, je suppose que je devrais me sentir flattée... Mais je tiens tout de même à savoir quel rapport il y a entre vous et ce matador à moitié dingue.

— Qui ?

— Celui que vous avez appelé Seppi.

— Ah ! Seppi.

— Oui, c'est ça.

— Il m'a amené ici.

— Ce n'est pas une recommandation, dit Shirley. Dans mon pays, il y a un proverbe : « Dis-moi qui tu hantes et je te dirai qui tu es. »

— Ce n'est pas mon ami, protesta le jeune homme.

— Je vous en félicite. Pourquoi vous a-t-il amené ici ?

— Pour vous voir, je crois. J'ignorais qu'il

essaierait de vous tuer. C'est ce qu'il a fait, n'est-ce pas ?

— Non, il ne m'a pas tuée... pas encore, dit Shirley en souriant. (Elle ne pouvait s'empêcher de sourire. Ce jeune homme prenait les choses tellement au sérieux et il s'exprimait dans un langage si châtié !)

— Il a essayé de vous tuer, j'entends ?

— Sans aucun doute, répondit Shirley.

— Je ne savais pas qu'il avait de pareilles intentions. Je veux dire... je savais que ces gens-là n'hésiteraient pas, en cas d'urgence...

— N'hésiteraient pas à faire quoi ?

— À vous tuer. Et ils vont me tuer, moi aussi. Il est bien possible que Seppi ait été chargé de me supprimer. Mais ils voulaient d'abord que je vous voie pour certifier... que... vous me suivez ?

— Comme l'aveugle suit son chien.

— Ah ?

— Ils vont me tuer... ils vont vous tuer. C'est comme dans ces films où tout le monde se bagarre. Vous dites deux mots, pan, on vous assomme. Ici, on tue. Qu'est-ce qu'on nous reproche ? Ou bien ces gens-là en veulent-ils à l'humanité tout entière ?

— Non, rien qu'à vous et à moi, dit le jeune homme en parvenant à sourire. (Il avait un sourire agréable, mais Shirley fit des réserves. Le sourire était trop rapide, trop empressé.)

— Voilà qui est réconfortant. Je ne sais toujours

pas ce que vous faisiez en haut. Et où ça, en haut ? Vous avez des amis dans la maison ?

— J'étais sur le palier. Seppi m'avait ordonné de rester là. Il m'a dit qu'il m'appellerait quand il en aurait fini avec vous.

— Et vous êtes resté ? fit Shirley, avec moins de mépris que de surprise.

— Où aurais-je pu aller ? Seppi était en bas... Est-il mort ?

— Pourquoi avez-vous si peur de lui ?

— Vous n'auriez pas peur de quelqu'un qui pourrait vous tuer n'importe quand ?

— Je vais vous dire une chose, reprit Shirley. Il y avait une fois un boxeur poids lourds appelé Joe Louis. Vous avez peut-être entendu parler de lui ?

Le garçon secoua la tête.

— Eh bien, ce Joe Louis était un Noir et, peu de temps avant son premier grand combat, le manager de son adversaire entra dans le vestiaire de Joe et commença à lui raconter que son poulain allait lui faire ça et ça, et encore ça. Louis écouta un moment, puis il dit : « M'sieur, pendant que votre gars va me faire tout ça, qu'est-ce que vous croyez que *moi*, je vais faire ? »

Le jeune homme réfléchit un moment.

— Je ne suis pas boxeur, Miss Campbel. Seppi est-il mort ?

— Non, mais avant qu'un flic nommé Burton en ait fini avec lui, il regrettera de ne pas l'être. En tout cas, il a l'épaule droite en compote et il ne pourra pas de sitôt faire joujou avec des couteaux, en admettant qu'on le laisse sortir de prison.

— Dieu soit loué, murmura le garçon.

— Bon. À présent, est-ce que vous pourriez penser à autre chose qu'à votre propre assassinat ?

Le garçon secoua la tête.

— Non. Ils vont me tuer, de toute façon. Il n'y a pas d'issue. La seule chose, c'est que ce ne sera pas Seppi et son couteau... Seigneur, ce couteau me donnait le frisson...

— Pourquoi me regardez-vous comme ça ? interrompit Shirley, qui jugeait néfaste de continuer cette discussion sur la mort prochaine du jeune homme.

— Parce que vous *lui* ressemblez tellement. Et pourtant non. Vous êtes vraiment plus jolie qu'elle.

— De qui parlez-vous ? demanda Shirley.

— De ma cousine Carlota. Elle est morte, vous savez. Je le leur ai dit, mais ils n'ont pas voulu me croire.

— Asseyez-vous, dit Shirley. (Il obéit, sans la quitter des yeux.) À présent, on va reprendre toute l'histoire depuis le début. Je vais vous poser quelques questions et vous allez y répondre.

— Bien sûr, dit-il avec empressement. Si je peux.

— Bon. Qui êtes-vous ? D'où venez-vous ? Qui vous a lâché dans la nature ? Où est votre mère et pourquoi vous a-t-elle abandonné ? Qui veut me tuer et qui veut vous tuer ? Qui est l'abominable Seppi ? Et qui étaient ces pauvres crétins qui sont venus me rendre visite hier soir, avec leur grosse bagnole noire ? Ça suffira pour commencer. Après quoi, vous pourrez me dire qui est Carlota et pourquoi sa photo se trouvait dans la poche du gros type. D'ailleurs, comment vous appelez-vous et avez-vous faim ?

Cette fois, il eut un sourire plus engageant. Sa figure tout entière en fut illuminée et Shirley songea qu'elle n'avait jamais vu un visage si candide, si ouvert, si vulnérable.

— Je vais d'abord répondre à la dernière question, si vous le permettez, dit-il. Je suis affamé. Ils m'ont enfermé pendant trois jours. J'ai mangé un sandwich ce matin, mais rien depuis.

— Aimez-vous le corned-beef haché ?

— Je n'y ai jamais goûté, mais je suis certain que ça me plaira.

— Bon... du hachis, des œufs, des frites congelées, que je fais réchauffer — je vous dis ça au cas où vous ne sauriez pas ce que c'est — du lait et du pain. Comme cordon-bleu, je laisse à désirer, mais ce sera tout de même meilleur qu'une pizza. Comment vous appelez-vous ?

— Jimmy.

— Jimmy quoi ?

— Eh bien, Miss Campbel, mon nom complet est James Charles Alexander de Montort de Bernard, mais c'est un peu long, n'est-ce pas ?

— Oui, plutôt, reconnut Shirley, en le considérant d'un œil dubitatif. Je préfère Jimmy. Écoutez, je ne sais pas si ma cuisine a un living-room ou si mon living-room a une cuisine. Quand on est dans l'un, on est dans l'autre. Alors, restez assis où vous êtes et nous allons bavarder pendant que je prépare le dîner.

— Puis-je vous aider ?

— Non, restez assis et reprenez votre souffle, lui dit Shirley.

Elle alluma le gaz sous le hachis, sortit la grande poêle pour les œufs et la fit chauffer. Cinq œufs, se dit-elle, trois pour lui et deux pour elle. La perspective de dîner en compagnie lui avait aiguisé l'appétit. Il était indéniable que James Charles Alexander semblait à demi mort de faim, mais, Shirley le savait par expérience, chez ce genre d'hommes, l'estomac était généralement remplacé par un gouffre sans fond. Elle remarqua qu'il excitait en elle les instincts maternels, et cette constatation l'irrita. La dernière chose au monde dont un homme l'eût jamais accusée, c'était de prendre une attitude maternelle.

— Merci, dit James Charles. Vous êtes très aimable. Je me demande comment vous pouvez prendre les choses aussi calmement.

— À quel sujet ?

— À mon sujet, dit James Charles. En fait, vous ne me connaissez pas.

— Vous avez faim, dit Shirley en haussant les épaules. Même si vous êtes un salaud, il n'empêche que vous avez faim.

— Vous êtes en train de vous payer ma tête.

— Bien sûr, dit Shirley. Comment voulez-vous les œufs ? Mollets, durs, à l'endroit ou à l'envers ?

Shirley avait vidé son assiette ; elle s'adossa à sa chaise, alluma une cigarette et regarda James Charles liquider la dernière tranche de pain de mie avec son troisième verre de lait. Quand elle lui proposa deux autres œufs, il secoua la tête et s'excusa de se conduire comme un cochon.

— Si je pouvais rester aussi maigre que vous en mangeant autant, je le ferais, James Charles, croyez-moi.

— Vous n'êtes pas forcée de m'appeler James Charles.

— J'ai renoncé à l'Alexander.

— Je vois.

— C'était une plaisanterie, dit Shirley. Elle n'était pas drôle, mais elle voulait l'être. C'est un de mes défauts. Il y a des filles qui pleurent, moi, j'essaie d'être une sorte de Danny Kaye femelle. Vous avez entendu parler de Danny Kaye ?

— Oui... l'acteur de cinéma ?

— C'est ça. L'acteur de cinéma. Les gens le trouvent plus rigolo que Joe Louis.

— Ah ? Mais vous m'avez dit que Joe Louis était un boxeur ?

Shirley qui allait répliquer par son insolence favorite, ravala ses paroles et dit :

— Ne vous inquiétez pas de ça. Répondez d'abord à mes questions.

— D'accord. Mais, vous savez, je n'en reviens

pas de voir comment vous vous comportez avec moi, parce que vous ne me connaissez pas, dans le fond. Je pourrais être comme Seppi...

— Un tueur, vous voulez dire ?

Il inclina la tête, gravement. Shirley l'imita, tout aussi gravement, et déclara qu'elle allait courir le risque.

— C'est très chic de votre part, reprit-il. Mais je vous supplie de croire, Miss Campbel, que je ne fais pas partie de la bande.

— Je vous crois. Êtes-vous content ? Et maintenant si vous me disiez qui vous êtes et ce que vous faites dans la vie. Vous êtes anglais, n'est-ce pas ?

— Non. J'ai été élevé en Angleterre, mais je ne suis pas anglais. Je suis né dans un pays appelé Montort. Vous avez entendu parler ?

Shirley secoua la tête et déclara qu'à présent, ils étaient quittes :

— Vous ne connaissiez ni Joe Louis, ni la rue Minetta. Moi, je ne connais pas Montort.

— Eh bien, c'est en Espagne, pour ainsi dire. Mais pas exactement. Je veux dire que c'est situé tout près de l'Espagne. Une petite partie de la frontière touche la France. Montort est dans les Pyrénées, donc à la frontière nord de l'Espagne, et juste au sud de la France.

— Et qu'est-ce que c'est ? demanda Shirley.

— Je ne comprends pas.

— C'est une ville, un village ou quoi ?

— Je vois ce que vous voulez dire, fit James avec un sourire contrit. Non, c'est un pays. Du moins, c'en était un. Un tout petit pays, comparé au vôtre. Il occupe une seule vallée de dix kilomètres de long et de sept kilomètres de large, là où elle est le moins resserrée. En d'autres termes, une superficie représentant un peu moins du double de votre Manhattan — comme vous voyez, ce n'est pas grand. En termes précis, on devrait l'appeler une principauté puisqu'il a été reconnu comme telle par Henri de Navarre qui l'a placé sous sa protection et considéré comme un fief royal.

— Et qu'est-ce au juste qu'une principauté ? demanda Shirley.

— Simplement un pays gouverné par un prince — comme autrefois.

— Et c'est de là que vous venez ?

Il inclina la tête.

— C'est de là que je viens.

— Et qui êtes-vous ? Pourquoi tient-on tellement à vous supprimer ? Pourquoi m'empoisonne-t-on l'existence parce que je ressemble à votre cousine Carlota ? Qu'avez-vous fait ?

— Ce n'est pas tant ce que j'ai fait que ce que je suis, répondit James Charles. Je suis le dernier membre de ma famille, les Bernard. Le prince héritier.

— Vous êtes le prince héritier ?

— Exactement, dit-il en hochant la tête d'un air mélancolique, ou, plus précisément, le prétendant au trône. Tout ce que je possède, je l'ai sur le dos, et j'ai fort peu de chances de survivre plus de vingt-quatre heures. Mais je suis le prince héritier.

— J'écoute, dit Shirley.

— C'est une histoire longue et assez pénible à entendre.

— Je veux l'entendre, dit Shirley. En fait, rien ne m'intéresserait davantage. Et ça vous fera du bien de l'écouter, vous aussi.

Tout en l'observant attentivement, elle éteignit sa cigarette et réfléchit un moment avant de se décider à mettre la vaisselle dans l'évier.

— Un prince assis dans une cuisine, ça ne me paraît pas convenable, dit-elle. Pas une cuisine aussi petite que celle-ci, en tout cas. Je pourrais vous imaginer dans une de ces énormes cuisines de château comme il y en a toujours dans *Les Trois Mousquetaires*, ce qui permet aux types de se battre à travers la table. Avez-vous vécu dans un château ?

Elle desservait la table tout en parlant.

— Jamais. Je suis un prince de pacotille, en quelque sorte. J'espère que vous me croyez ?

— Au point où j'en suis, je suis prête à croire n'importe quoi, James Charles. N'importe quoi.

— Vous n'êtes pas forcée de m'appeler James Charles, Miss Campbel. Personne ne m'a jamais appelé ainsi.

— Vous n'êtes pas forcé de m'appeler Miss Campbel, vous savez, ça s'écrit avec un seul *l*. C-a-m-p-b-e-l. Vous n'y voyez pas d'inconvénient ?

— Non, aucun.

— Tant mieux. Vous savez, vous êtes terriblement poli, même pour un prince. Eh bien, mon prénom est Shirley. Quand on me demande pourquoi, je réponds que c'est un nom générique dans le quartier du Bronx, où je suis née. Cela prouve que je ne suis pas sans éducation, mais simplement ignorante et je ne m'énerve pas souvent, sauf quand je suis assise en face d'un prince, ce qui ne m'arrive que tous les trente-six du mois. Donc, vous allez m'appeler Shirley et je vous appellerai Jimmy. Maintenant, passez dans le living-room et asseyez-vous dans le fauteuil. Il m'a fallu vingt-deux semaines pour le payer, et chaque fois que je réglais une mensualité, je me demandais à quoi diable ce fauteuil allait me servir. À présent, je le sais. J'en avais besoin pour recevoir des princes héritiers... je vais finir de débarrasser la table.

Elle passa un chiffon dessus, puis entra dans le living-room et demanda à James Charles s'il fumait. Il secoua la tête.

— Mon amie Cynthia m'écorcherait vive si elle savait que je ne vous appelle pas Votre Altesse. Sur ces questions-là, mon amie Cynthia est très pointilleuse. Moi pas. Je crois que je souffre d'une sorte de latitude ou lassitude mentale. Les deux, peut-être. (Elle se pelotonna sur le divan et hocha la tête.) Allez-y, je vous écoute.

— Je vais tâcher de vous raconter mon histoire le plus clairement possible, Miss Campbel.

— Appelez-moi Shirley. Je vous appellerai Prince.

— Shirley. Je trouve ce prénom plutôt joli, vous savez... Donc, je suis né à Montort, mais je n'ai aucun souvenir de mon pays. À vrai dire, je ne le connais pas plus que vous. Vous comprenez, je suis né en 1940, peu de temps après la guerre civile espagnole et j'avais trois mois quand ma mère m'a emmené en Angleterre. Vous êtes bien renseignée sur la guerre civile espagnole ?

Shirley secoua la tête, les yeux braqués sur le prince.

— Eh bien, ce fut une affaire longue et compliquée et nous n'avons pas le temps d'entrer dans les détails. Je vous dirai simplement que ce fut la guerre la plus sanglante et la plus terrible que l'Espagne ait jamais connue et Dieu sait que l'histoire d'Espagne est pleine d'événements tragiques ou sanglants. Mon père demeura neutre pendant le conflit. Il ne pouvait rien faire d'autre. Il n'y avait pas d'armée à Montort, aucun système défensif. Nous n'avions qu'un unique gendarme chargé d'arranger les choses lorsque des villageois avaient un peu trop fêté le samedi soir et troublaient la paix de la principauté. L'ensemble de la population comptait moins de neuf cents âmes. C'étaient, pour la plupart, des paysans dont le mode de vie n'avait guère changé depuis mille ans. Mon père resta donc neutre. Du moins, jusqu'à la fin de la guerre. Puis Franco remporta la victoire et les débris de l'armée républicaine tentèrent de traverser les Pyrénées pour se réfugier en France. Certains de ces hommes étaient blessés, d'autres malades et épuisés et ils risquaient la mort s'ils tombaient aux mains des Phalangistes. Il aurait fallu que mon père eût un cœur de pierre pour les chasser. Et il n'avait pas un cœur de pierre, bien au contraire — à ce que l'on m'a dit, car, moi, je ne l'ai jamais vu. Donc, il en recueillit le plus grand nombre possible, s'occupa d'eux et leur permit de franchir la frontière française. Je vous ai dit, n'est-ce pas, que les deux pays avaient une frontière commune, sur une distance d'environ deux kilomètres. Je crois que les sympathies de mon père étaient toujours allées aux républicains, et son attitude lui attira la haine implacable de Franco. Il savait que son règne n'était plus qu'une question de temps et dès que je fus assez âgé pour voyager — j'avais trois mois à l'époque — il m'envoya en Angleterre avec ma mère. Ma cousine Carlota, qui avait un an de plus que moi, se trouvait à Paris, où habitait sa mère. Son père était déjà mort. C'était le frère cadet de mon père et il avait servi comme colonel dans l'armée républicaine. Il avait été tué pendant la première année de la guerre. Puis, cinq mois environ après notre arrivée en Angleterre, mon père fut assassiné. Nous ne découvrîmes jamais l'identité de l'assassin, mais ma mère resta toujours persuadée que la Phalange était mêlée à ce crime. Après quoi Franco nous proposa de retourner à Montort. Il nous promit que nous y serions en sécurité, s'engagea à me rendre le trône et à nommer un régent comme gouverneur de notre petit domaine...

— Quel âge aviez-vous à l'époque ? interrompit Shirley.

— Environ un an, je crois.

— Vous êtes plus jeune que notre président, fit observer Shirley. Franco parlait sérieusement ? Il avait une si haute opinion de la jeunesse ?

— En un sens, oui. Je serais resté dans mon berceau, le régent aurait gouverné, du moins jusqu'à ma majorité. Ma mère était persuadée que Franco voulait simplement se débarrasser de nous comme de mon père, et elle se refusa à rentrer. C'est alors que les événements se précipitèrent. L'argent que nous avions en Espagne fut bloqué. On forgea de toutes pièces une accusation portée par un touriste anglais, qui prétendit avoir été blessé à Montort par suite d'une négligence de la principauté ; en fait, il ne s'agissait pas d'un touriste et cette accusation déclencha un formidable procès. Nous avions de l'argent en Suisse. Nos adversaires soudoyèrent des gens, forgèrent des documents et liquidèrent notre compte en banque. Nous n'avions donc plus un sou. Nous parvînmes à vivre dans une sorte de « misère en habit noir ». Lorsque j'eus quatorze ans, ma mère mourut d'une pneumonie. Elle n'avait jamais eu beaucoup de santé et le climat anglais ne lui convenait pas. J'étais alors à Eton, une école libre, ce que nous appellerions ici une école secondaire...

— J'ai entendu parler d'Eton, dit Shirley. Ça peut vous paraître surprenant, mais j'en ai entendu parler.

— Ma mère avait laissé un petit héritage qui m'a permis de rester à Eton et d'en sortir avec une vingtaine de livres en poche... Je n'en ai jamais eu autant depuis !

— Mais vous apparteniez à une famille royale, fit observer Shirley. Vous voulez me faire croire que les Anglais vous auraient laissé mourir de faim ?

— Ils n'ont pas prévu de fonds de secours pour les nobles ruinés, qu'ils soient anglais ou étrangers. Vous comprenez, la Grande-Bretagne fourmille de représentants de l'espèce et vous y trouvez des ex-princes, russes blancs ou autres, à tous les coins de rues. Ajoutez à cela que nous ne sommes pas une famille royale... bien loin de là. Nous n'avons jamais été liés, ni par le sang, ni par le mariage, à aucune des grandes dynasties européennes ; depuis l'époque de mon arrière-grand-père, aucun d'entre nous n'a même épousé un membre de la noblesse douteuse de France ou d'Espagne. Mon arrière-grand-père a trouvé sa femme à Wichita, dans le Kansas, où il chassait dans les Grandes Plaines. Il tua sept bisons, ce dont il était très fier, à ce qu'on m'a dit, et il a ramené comme épouse une certaine Saidy-Lou Benson, qui a alimenté tous les ragots de Paris et de Madrid pendant un demi-siècle ; et qui était fort belle, mais de petite vertu et d'humble origine. Depuis lors, nous avons épousé des personnes et non des titres, et en tant que noblesse, nous ne valons pas grand-chose. Donc, en fait de prince, je ne compte guère, Shirley.

— Vous êtes le seul prince que j'aie jamais connu, dit Shirley, avec un haussement d'épaules.

J'ignore ce qui se passe à Londres, mais vous êtes le seul prince que j'aie jamais vu ou à qui j'aie jamais parlé. Quand un produit est rare, on ne peut pas se montrer trop difficile. (Elle lui adressa un sourire.) Je ne parlais pas sérieusement. Il faudra que vous vous habituiez à mes façons d'être. (Le visage du jeune homme s'allongea et elle se hâta d'ajouter :) Je sais... vous avez rendez-vous demain avec la mort. Mais si par hasard nous étions encore vivants tous les deux la semaine prochaine, il faudra que nous soyons présentés l'un à l'autre. Je vous présenterai à Cynthia pour qu'elle puisse vous présenter officiellement à moi, comme ça nous apprendrons à nous connaître. Je vous taquine... mais continuez votre histoire. Il ne manque plus que la réponse à une seule question ; pourquoi ces gens-là veulent-ils nous tuer ?

— Vous, Shirley, c'est parce que vous ressemblez à Carlota.

— Vous m'avez dit qu'elle était morte.

— Elle l'est... mais apparemment ils n'en sont pas sûrs. Ma cousine a perdu sa mère à douze ans et elle est venue habiter chez ma mère, en Angleterre. Et puis, elle est entrée dans une école du pays de Galles. Par la suite, elle a fait la connaissance d'un homme beaucoup plus âgé qu'elle, elle est partie avec lui et il l'a abandonnée. Elle était souvent triste et déprimée, et après cette liaison, elle s'est trouvée seule à Paris, sans amis, et sans argent. Bref, elle s'est tuée. Il a fallu six mois à la police française pour nous retrouver, par l'intermédiaire de Scotland Yard. Carlota n'avait pas d'autres parents que moi, et, lorsqu'elle mourut, je me trouvai sans aucune famille.

— Bon, dit Shirley. Carlota est morte. Je suis navrée de ce qui lui est arrivé. Mais pourquoi a-t-on décidé de me tuer ?

— Parce que vous lui ressemblez.

— Il y a peut-être mille filles en ce monde qui ressemblent à Carlota. Tout ce que ces bandits ont à faire, c'est d'aller trouver les flics français et d'obtenir la preuve que Carlota est bien morte.

— Oui, admit le prince. Ils peuvent obtenir la preuve qu'une femme nommée Carlota de Bernard est bien morte, mais ils ne peuvent pas le constater *de visu*. Entre-temps, j'ai découvert qu'un Espagnol, propriétaire d'oliveraies, est venu aux États-Unis régler une affaire de récipients en plastique pour l'huile d'olive. On lui a fait visiter votre usine et il vous a vue. Il en a déduit que vous étiez Carlota.

— Qui est-il ?

— Je n'en sais rien... pas plus que je ne sais qui *ils* sont. En sortant d'Eton, j'ai trouvé un emploi dans une famille comme précepteur de deux petits enfants — un endroit assez isolé sur la côte. Un jour que je me promenais sur les falaises, une voiture s'est arrêtée près de moi. Deux hommes en sont sortis, m'ont fait reculer sous la menace de leurs revolvers et m'ont poussé par-dessus bord. Je suis resté cinq mois à l'hôpital. Après m'avoir jeté à bas de la falaise, les deux hommes sont repartis, me croyant mort.

— Pauvre garçon, dit Shirley. Vous me brisez le cœur.

— La fois suivante, continua-t-il posément, ça s'est passé quelques mois après ma sortie de l'hôpital. Une voiture a essayé de m'écraser. Je l'ai évitée. Quelques jours plus tard, la même chose s'est reproduite. J'étais terrorisé.

— Je l'espère bien, dit Shirley.

— Des rêves, des cauchemars... je ne pouvais pas dormir, et quand je me promenais dans les rues, je réagissais à chaque bruit et à chaque mouvement comme un animal affolé. C'était terrible.

— Vous n'avez pas prévenu la police ?

— Si, je suis allé à Scotland Yard. Je leur ai raconté l'histoire qui m'était arrivée sur la falaise, mais ils sont restés sceptiques. Conclure à un accident leur facilitait les choses. Quant aux voitures qui avaient voulu m'écraser, ils ont mis cela sur le compte de mon imagination. Oh ! je fus convenablement traité, je vous assure. Ils ont été très courtois, car là-bas, lorsqu'on possède un titre, fût-il des plus minables, la police est très aimable avec vous. Ils ont écouté tout ce que j'avais à dire, et, au fur et à mesure que je leur parlais, je me rendais compte que je ne pouvais leur fournir aucune preuve, pas même de ma propre identité.

— Comment se fait-il que vous n'ayez même pas pu leur prouver qui vous étiez ?

Il eut un sourire penaud et haussa les épaules.

— Voilà pourquoi : j'ai oublié de vous dire que quand j'ai été laissé pour mort au pied de la falaise, mes deux agresseurs ont vidé mes poches. J'appris que le lendemain, ces mêmes hommes s'étaient rendus à la maison où je travaillais, avaient raconté à mes employeurs une histoire abracadabrante d'où il ressortait que j'étais appelé à l'étranger ; ils avaient présenté une note où mon écriture était bien imitée et s'en étaient allés avec tout ce que je possédais. Je prévins la police qui m'écouta patiemment, me promit d'enquêter sur l'affaire et de procéder à des vérifications à Eton et en d'autres endroits que je leur suggérai ; ils ajoutèrent qu'entre-temps je ferais bien d'avoir un entretien avec le psychiatre de la police. Eh bien, j'avais effectivement l'impression de devenir fou, mais je n'attendais aucune aide d'un psychiatre. D'ailleurs, je suis un lâche, j'ai peur de regarder les choses en face et je ne tenais pas du tout à ce qu'un psychiatre vienne fouiller dans mon cerveau. Alors, on m'a envoyé au ministère des Affaires étrangères, où j'ai eu un entretien avec un fonctionnaire chargé des questions touchant la péninsule Ibérique. Après avoir écouté mon histoire, il m'a regardé un bon moment d'un air bizarre, puis, avec beaucoup de bienveillance, il m'a informé que le prince James Charles Alexander était retourné à Montort un an auparavant — presque aussitôt après qu'on m'eut jeté en bas de la falaise. Je suppose que cet expert aurait pu se montrer très désagréable à mon égard, mais il a dû se dire que j'étais un pauvre idiot. Toutefois, il m'a prévenu que je me ferais du tort en racontant à tout venant des histoires invraisemblables et que, si j'étais, comme je le prétendais, un étranger résidant en Grande-Bretagne, je risquais de m'attirer de graves ennuis. Il a noté mon adresse, m'a déclaré qu'on ferait une enquête et voilà tout.

— Et qui était ce prince qui était retourné à Montort ?

— Je n'en ai aucune idée et ça n'a pas d'importance. Quelqu'un à leur solde. Ça n'a pas dû leur être difficile. Ils avaient tous mes papiers et personne à Montort ne me connaissait.

— Qui ça, *ils* ?

— Je me suis posé la question. J'avais à l'époque une sorte d'emploi comme précepteur à mi-temps dans une petite école privée de Kensington. Le traitement était dérisoire, mais il me permettait de vivre. J'ai continué à enseigner là-bas pendant environ cinq semaines encore et, pendant ce temps, la situation s'est partiellement éclaircie. Je suis tombé sur un article du *Times* au sujet de Montort. Il paraît qu'on y a découvert un très important dépôt de manganèse. Le manganèse est un minerai assez rare et de grande valeur et il semble être indispensable à la technique actuelle. Il y en a toujours eu pas mal dans les Pyrénées, mais pas en quantité suffisante pour être exploité. Le gisement de Montort est l'un des plus importants des temps modernes et il vaut je ne sais combien de milliards. Cette découverte a élevé Montort du rang d'obscure principauté à celui de pomme de discorde entre l'Espagne et la France. Les deux pays ont réclamé la possession de la mine et entre-temps le prince héritier est revenu, apparemment pistonné par les gens qui avaient mis la main sur le manganèse...

— Mais qui sont ces gens ? insista Shirley. Vous devez bien savoir quelque chose. Qui était le planteur d'oliviers ? Qui vous a gardé prisonnier ? D'où venait Seppi ?

Il secoua la tête.

— Je ne sais pas. Je sais ce qu'ils sont capables de faire... à peu près tout ce dont ils ont envie. Ils achètent des hommes comme Seppi, ils semblent pouvoir soudoyer n'importe qui.

— Comment êtes-vous venu ici, en Amérique ? questionna Shirley.

— J'ai été pris de panique, je suppose. Je ne pouvais pas oublier la menace voilée de ce fonctionnaire du Foreign Office — il m'avait dit qu'il examinerait ma situation en tant que résident étranger. Je me voyais déjà déporté en Espagne — en quel autre pays aurait-on pu m'envoyer ? — et prisonnier de la Phalange. C'est alors que j'ai reçu par la poste une enveloppe ne portant pas l'adresse de l'envoyeur. Elle contenait un faux passeport britannique établi au nom de James Charlton, et muni de ma photographie, un billet aller simple pour New York et cent dollars en coupures de cinq dollars. Je savais que c'étaient *eux* qui m'envoyaient tout ça, mais je me suis persuadé que, tout ce qu'ils désiraient, c'était de me voir quitter l'Europe, et que, une fois en Amérique, ils me laisseraient en paix. Je suis donc parti le lendemain. À Idlewild — il y a trois jours de cela — la voiture noire dont vous m'avez parlé m'attendait, avec ces deux mêmes hommes, le gros et le maigre. Mais il y en avait un troisième, qu'ils appelaient M. Santela. C'est tout ce que je sais. Ils m'ont emmené dans une maison, quelque part dans la ville...

— À Manhattan ?

— Oui, je crois bien. En quittant Idlewild, nous sommes passés par un tunnel, ce devait être pour nous rendre à Manhattan, n'est-ce pas ? La maison était une grande bâtisse de quatre ou cinq étages, en granit gris, autant que j'aie pu voir, car il faisait nuit, une maison comme il y en a tant à Londres. Ils m'ont fait monter au troisième, m'ont ligoté les poignets et les chevilles et m'ont planté là. En y réfléchissant, toute cette comédie avait peut-être pour but que je vous voie et que je vous identifie. Quoi qu'il en soit, ce Santela m'a questionné pendant deux heures sur ma cousine Carlota. Et c'est alors qu'il m'a parlé du planteur d'oliviers. J'ai cru, à ce moment-là, qu'on allait vous amener dans cette maison. Puis ils ont changé leurs plans, pour une raison quelconque, et m'ont emmené ici, avec Seppi. J'ai obéi à ses ordres, je ne le nie pas. Il me faisait une peur horrible. Mais je désirais aussi vous voir, Shirley. Je le désirais de toutes mes forces, même si je devais le payer de ma vie. Pouvez-vous comprendre ce que ça représente d'être seul au monde, sans un parent, sans personne ?

— Je peux le comprendre parfaitement, dit Shirley en hochant la tête. Et je ne vais pas tarder à fondre en larmes.

— Alors, vous comprenez aussi pourquoi il fallait que je vous voie. Ils m'avaient presque convaincu que Carlota était vivante. Mon Dieu ! J'aurais donné n'importe quoi pour la voir !

L'émotion lui brisait la voix ; ses yeux s'embuèrent.

— Allons, du cran, prince, dit Shirley.

— Carlota est morte, dit-il d'une voix tremblante. Et je vous ai rencontrée. À présent, je veux vivre, Shirley.

CHAPITRE V

Le toit

On frappa à la porte. Ils se figèrent tous les deux. Puis Shirley se leva, tandis que James Charles Alexander demeurait vautré sur le fauteuil. Ils se regardèrent et Shirley lut dans les yeux du jeune homme quelque chose qui n'y était pas auparavant : une peur sincère, bien réelle.

On frappa de nouveau et une voix cria :

— Miss Campbel ? Vous êtes là, hein ?

— Oui, je suis là, répondit calmement Shirley.

— C'est M. Foley, le concierge.

— Je ne reconnais pas votre voix.

— Quoi ? Qu'est-ce que vous voulez dire par là ?

— Simplement que vous ne me donnez pas l'impression d'être M. Foley.

— Il me semble que je dois savoir mieux que vous quelle impression je fais, non ?

— Je ne vous empêche pas de porter plainte, dit Shirley.

— Ça se pourrait bien que je le fasse. Je voulais

vous parler de tout ce ram-dam qu'il y a eu ici. Je veux savoir ce que ça signifie.

— Moi aussi, dit Shirley.

— Comment ça, moi aussi ? À en croire ma femme, vous étiez dans le hall à vous bagarrer avec un énergumène armé d'un couteau. Eh bien, Miss Campbel, je vous apprendrai qu'ici c'est une maison convenable et respectable.

— Alors, arrangez-vous pour empêcher les énergumènes d'y entrer et d'y jouer du couteau.

— Ça, c'est le comble ! Qu'est-ce que j'ai à voir là-dedans ? Si vous m'ouvriez la porte et que nous ayons une petite conversation tous les deux, Miss Campbel ?

— Je suis *déshabillée*[1].

— Vous êtes quoi ?

— C'est un terme employé par les gens qui ont un certain degré de culture pour dire qu'ils sont en tenue légère. Alors, retournez jouer aux billes, nous bavarderons une autre fois.

— Non, tout de suite.

— Écoutez, dit Shirley, d'un ton froid, ne me parlez pas sur ce ton, même si vous êtes M. Foley en personne. Ça ne vous avancera à rien. Il y a un flic en bas, dans le hall, et il y en a un autre en civil, sur le trottoir d'en face. Alors, allez-vous-en bien sagement sans faire d'histoires.

— Bon. Si vous y tenez...

— J'y tiens, dit Shirley.

1. En français dans le texte.

Elle entendit le pas du concierge s'éloigner et redescendre l'escalier, mais lorsqu'elle jeta un coup d'œil sur le prince, il ne semblait nullement rassuré.

— Il y a un policier en bas ? chuchota-t-il.

— Oui, répondit Shirley, en l'observant d'un air songeur.

Le téléphone sonna. Shirley entra dans la chambre à coucher et referma la porte derrière elle. La voix de Cynthia l'accueillit au bout du fil et exprima sa satisfaction de la savoir toujours en vie.

— Qu'entends-tu par là ? « Dieu soit loué, tu vis toujours ! » grommela Shirley. Tu crois que ce sont des choses à dire ?

— Tu le sais bien, ce que j'entends par là, étant donné les circonstances. Chaque fois que je te parle, je me dis : « Dieu soit loué, elle vit toujours ! »

— Et, qui plus est, reprit Shirley, j'ai bien l'intention de me cramponner à l'existence. J'y tiens absolument et d'ailleurs j'ai des nouvelles pour toi. Toute cette histoire d'assassinat est un camouflage. Elle a été forgée de toutes pièces pour les gens qui ne sont pas au courant des dessous de l'affaire. Quant à moi, je suis arrivée à certaines conclusions. Quiconque s'amuse à tuer son prochain ne vaut pas mieux qu'un animal. Je ne dis pas « qu'un chien », je dis « qu'un animal ».

— Tu prêches une convaincue, fit Cynthia.

— Bien. (Shirley hocha la tête avec véhémence.) À présent, parlons d'autre chose. Je voulais te demander quelle serait ta réaction si quelqu'un t'annonçait qu'il est prince ?

— Que veux-tu dire par là ? Un prince au sens où on l'entend à l'université de Harvard ? Un gentleman ?

— Je veux dire exactement ce que je dis : un prince. Comme le prince de Galles.

— Ah ? Ce genre-là ? Eh bien, il ment.

— Comment peux-tu le savoir ?

— Ça tombe sous le sens. Quel que soit le nom sous lequel il circule, il est faux. Un jour, je suis sortie avec un type qui avait un drôle d'accent. Il me déclare qu'il est un prince russe, mais ruiné. Ils sont toujours ruinés parce que, quand on les fiche dehors, on leur coupe toujours les vivres par-dessus le marché. Bref, ce type — qui s'appelait Vladimir Stavenetski — avait en poche deux dollars et vingt *cents*. Il propose que chacun paie sa part. Il me fait le coup du charme slave et je lui réponds : « Même si j'accepte, où irons-nous dîner pour quatre dollars quarante *cents ?* À la soupe populaire ? » Alors...

Shirley lui coupa la parole.

— Écoute, Cynthia, tu m'as déjà raconté cette histoire. Mais nous ne parlons pas du prince Stavenetski, nous parlons du prince X.

— Qui est le prince X ? Ça sonne encore plus faux que Stavenetski.

— Quand je dis « X », c'est pour indiquer un prince hypothétique. Alors, comment sais-tu qu'il ment ?

— Est-il pauvre ? demanda Cynthia.

— Oui.

— On l'a expulsé de son pays et il ne peut pas y retourner ?

— Oui.

— Son père et sa mère sont morts ? Il n'a plus aucun parent ? Il est tout seul au monde ?

— Oui aux trois questions, répondit sombrement Shirley.

— Quel genre d'accent a-t-il ?

— Anglais.

— Je suppose qu'il doit tenir ses allées et venues secrètes ?

— C'est à peu près ça.

— Alors pourquoi te creuses-tu les méninges, Shirley ? Il n'est même pas employé chez Macy[1]. Il travaille à Prisunic.

— Tu ne sais même pas de qui je parle.

— Ai-je besoin de le savoir ? Tu as assez d'embêtements comme ça sans t'embarrasser d'un prince. Tu sais ce que m'a dit M. Bergan ? Qu'une fille avec la silhouette et la figure de Shirley Campbel n'aurait qu'à choisir dans le tas. Seulement, il voudrait bien que le choix tombe sur lui. Bref, même si c'était le prince de Galles, avec un pedigree signé de la reine Elizabeth, je t'affirme qu'il ment. Tu travailles chez les Frères Bushwick ; le seul endroit où tu aies des chances de voir un prince, c'est au cinéma. Crois-moi. (Il y eut un long silence pendant lequel Shirley se plongea dans de

1. Grand magasin de New York.

profondes méditations et Cynthia finit par demander :) Shirley ! Tu es toujours là ?

— Cynthia, dit lentement Shirley, tu en sais beaucoup plus long que moi sur l'usine Bushwick... je veux dire sur leurs fabrications et sur leurs méthodes de fabrication. Il y a six mois que tu travailles à l'usine même, tu dois être une experte...

— Bien sûr, alors que je pourrais être une experte en opérations boursières et en problèmes touchant le soi-disant sexe fort, je suis une experte en tout ce qui sort de chez les frères Bushwick.

— Pourraient-ils fabriquer des bouteilles ?

— Ils ne sont pas organisés pour.

— Des récipients en plastique, je veux dire.

— Je sais, mais il s'agit là d'une sorte particulière de plastique et d'un travail spécial. Nous travaillons le plastique, nous ne le modelons pas. En d'autres termes, on prend du plastique brut et on le coupe au tour et avec d'autres instruments. Mais nous n'avons pas de machines à modeler. C'est une méthode de fabrication inconnue dans la boîte.

— Alors pourquoi irait-on acheter des bouteilles chez les frères Bushwick ?

— À toi de me l'expliquer. Ton prince s'occupe de matières plastiques ?

— Non.

— Alors, ne va pas au-devant des embêtements, dit Cynthia. À part ça, quoi de neuf ?

— Rien. Tu te rappelles le matador ?

— Celui de M. Bergan ?

— Le même. Eh bien, il était en bas, dans le hall,

armé d'un couteau, et il m'a sauté dessus. Le lieutenant Burton l'a blessé d'une balle.

— Tu rigoles ?

— Non.

— Tu ne rigoles pas ?

— Non.

— Et qu'est-ce que c'est que cette histoire de prince ?

— Il est ici, chez moi, dit Shirley.

Shirley s'accorda un moment pour se recoiffer et se remettre du rouge à lèvres. Ce n'était pas une fille qui passait son temps devant la glace. Elle avait fini par admettre que les gens la trouvaient belle, mais, dès qu'elle se regardait dans un miroir, elle fronçait les sourcils, fermait à demi ses grands yeux bruns et tendres et faisait la moue. L'image morose que lui renvoyait la glace ne confirmait pas l'opinion flatteuse que les autres avaient d'elle. Le miroir était une nécessité et non une source de joie, et il refléta le même visage boudeur que les autres fois. Shirley dut se forcer pour reprendre un air souriant avant de rentrer dans le living-room.

James Charles était toujours assis dans le fauteuil. Il lui lança un regard interrogateur.

— C'était mon amie, Cynthia Kugelman, lui annonça-t-elle. Cynthia, comme Shirley, sont des prénoms indigènes non seulement dans le West End de Londres, mais aussi dans l'est du Bronx. J'aime employer des mots tels qu'indigène. Je croyais, comme je vous l'ai dit plus tôt, qu'ils prouvaient que j'étais ignare, mais non pas idiote. À présent, j'ai des doutes. Si vous parliez cinq minutes avec Cynthia, vous la jugeriez idiote, mais, croyez-moi, elle ne manque pas de cervelle.

— Je ne comprends pas, dit le jeune homme.

— Bien entendu.

Elle approcha la lampe du fauteuil.

— Pourquoi faites-vous ça ? demanda le prince.

— Pour mieux vous voir. (Elle s'avança vers lui et lui pencha le visage en arrière.) Vous avez eu de la chance quand vous êtes tombé en bas de la falaise.

— Que voulez-vous dire, Shirley ?

Elle s'éloigna de quelques pas, puis se retourna vers lui, les mains sur les hanches.

— Ce que je veux dire ? Réfléchissez une minute, James Charles. Vous faites une chute assez grave pour rester des mois à l'hôpital, mais vous ne portez aucune cicatrice à la figure. D'ailleurs, ce serait dommage. Savez-vous que M. Bergan donnerait cinq ans de sa vie pour posséder une figure comme la vôtre ?

— J'ai eu beaucoup de chance, Shirley. J'avais effectivement de vilaines blessures au visage, mais elles ont parfaitement guéri.

— Tu parles ! Écoutez, James Charles, je ne vous considère pas comme un foudre de guerre, mais vous vous affolez quand il n'y a pas lieu. Vous avez failli avoir une crise cardiaque quand le concierge a frappé à la porte.

— Parce que ce n'était pas le concierge.

— Comment le savez-vous ?

— C'est vous qui l'avez dit.

— Parce que M. Foley, le concierge, est un vieux chenapan aux mains baladeuses. Et, ce soir, je n'étais pas d'humeur à me bagarrer avec lui.

— Alors, c'était bien le concierge ?

— Oui, c'était bien lui.

— Shirley, dit-il, je n'ai jamais eu la prétention d'être brave. L'opinion publique s'imagine que les princes doivent être courageux. Eh bien, je ne suis pas un prince de ce genre-là. D'ailleurs, je ne me suis jamais habitué à ce titre. Il ne nous a apporté que des chagrins, à ma pauvre mère et à moi, et je n'ai jamais prétendu que j'étais courageux.

— C'est dommage, fit Shirley, en haussant les épaules. J'en ai vu des vertes et des pas mûres, au cours de mon existence, et je ne sais pas discerner si quelqu'un est brave ou non. Moi, je ne le suis pas, mais je fais semblant de l'être. Et je connais des tas d'autres gens respectables qui ne sont pas princes, mais qui font semblant, eux aussi, et qui se débrouillent très bien.

— Je suis navré, dit James Charles.

— Ça va. Admettons que vous ne soyez pas ce genre de prince. Vous n'êtes pas brave, vous tombez du haut des falaises et vous restez joli garçon. Vous achetez également des bouteilles dans une usine de plastique qui n'en fabrique pas et qui ne pourrait pas en fabriquer.

— De quoi parlez-vous ?

— De la maison Bushwick, où votre planteur d'oliviers est allé acheter des bouteilles.

— C'est ce qu'ils m'ont dit.

— Naturellement. Et le type du Foreign Office était tellement bête qu'il n'a pas songé à téléphoner à Eton pour savoir si leur contingent de princes avait diminué d'une unité. Oh ! non ! Pour ça, il aurait fallu un minimum d'intelligence. Et puisque nous sommes sur ce sujet, où se trouve le collège d'Eton ?

— C'est une école secondaire, Shirley, pas un collège.

— Voilà ce qui arrive quand on se repose sur ses lauriers de prince au lieu d'ouvrir un bouquin de temps en temps. Je ne suis jamais allée plus loin que l'hôtel Concord, où Cynthia et moi avons passé un week-end catastrophique, mais même si Fallsburg, dans l'État de New York, est la limite de mon terrain de chasse, je brise parfois la monotonie de mon existence en allant à la bibliothèque municipale. Et il se trouve que le nom exact d'Eton est « Eton College ». C'était très gentil à vous de m'informer qu'en Angleterre une école privée s'appelle une école publique[1], mais, pour un diplômé, vous êtes un peu primaire. Et, à propos, où se trouve Eton ?

— Je croyais que tout le monde savait ça. La ville d'Eton se trouve sur la Tamise, en amont de Londres.

1. Chez nous, une école secondaire.

— Mais où ? C'est comme si vous disiez que La Nouvelle-Orléans est sur le Mississippi, au sud de Saint-Louis. Je veux des précisions.

— Mais enfin, Shirley, je ne vois pas quel intérêt ça peut avoir, fit James d'une voix faible.

— Bien, ne le dites pas. Un jour, j'épouserai M. Bergan parce que je n'aurai personne d'autre sous la main, Dieu me pardonne, et nous passerons notre lune de miel en Angleterre, à la recherche d'Eton. Car vous êtes incapable de me dire où c'est.

— Je vous l'ai dit, protesta-t-il.

— Mon œil ! Eton est dans le Buckinghamshire. Tous ceux qui ont lu *Tom Brown's School Days*[1] savent cela. Sans parler d'*Un Yankee à Eton*. Qui donc jouait dans ce film ? Ce n'était pas Mickey Rooney, mais c'est toujours à lui que je pense. Vous m'avez vraiment raconté une histoire du tonnerre. Elle aurait tiré des larmes d'une pierre, pauvre petit prince que vous êtes. Le malheur, c'est qu'elle est tellement pleine de trous qu'elle pourrait servir de passoire. Votre malheureux père, qui a recueilli tous ces réfugiés. Votre malheureuse mère, qui est demeurée une grande dame jusqu'à ce que ses pauvres poumons délicats éclatent. Et tous ces vilains messieurs qui n'ont pas cessé de vous persécuter. Et l'arrière-grand-père qui a

1. Ouvrage devenu classique qui décrit la vie du jeune Anglais dans une grande école secondaire.

chassé le bison dans le Kansas... comme roman-feuilleton, c'est de premier ordre.

— Qu'est-ce que vous dites, Shirley ? balbutia-t-il.

— Je dis que vous mentez comme un arracheur de dents. Si vous avez tellement peur d'être assassiné, pourquoi n'êtes-vous pas descendu dans le hall quand ça grouillait de flics ? Vous n'êtes pas seulement un menteur, mais vous mentez mal !

— Shirley, je vous jure que je vous ai dit la vérité. Je savais que vous ne me croiriez pas...

— Écrase ! Vous ne m'avez pas dit un mot de vrai ! Et si vous vous imaginez que j'ai peur de vous, vous êtes cinglé !

— Je n'ai pas dit que vous aviez peur de moi.

— Bon. On va recommencer depuis le commencement. Et je veux la vérité. J'en ai marre de servir de tête de Turc à tout le monde. Alors, vous allez vous mettre à table. Je vous ai nourri, je vous ai écouté, maintenant je veux savoir pourquoi vous jouez à ces jeux idiots.

— Je vous ai dit la vérité, déclara-t-il d'un ton suppliant.

— Très bien, c'est vous qui l'aurez voulu. Je vais téléphoner à un énorme flic qui s'appelle le lieutenant Burton. Vous lui plairez beaucoup. C'est le genre de brute qui attend depuis des années de pouvoir faire asseoir un prince authentique sous son projecteur, dans le trou qu'il qualifie de bureau. C'est le genre de flic qui devient fou à l'idée que des gens tuent d'autres gens dans son secteur sans sa permission.

Elle se dirigea vers la porte de la chambre.

— Shirley ?

— Oui.

— N'appelez pas les flics.

— Vous parlerez ?

Il inclina la tête.

— La vérité, ce coup-ci ?

— J'ai dit que je parlerai. (L'accent anglais avait disparu.) Mais j'ai aussi un revolver. Et je m'en servirai s'il le faut. Alors laissez la police tranquille.

— Commençons par vous. Qui êtes-vous ? demanda Shirley.

— Un acteur.

— Et le James Charles Alexander de Montort de Bernard ?

— Vous n'avez jamais pitié de personne, hein Shirley ?

— Le seul luxe que je puisse m'offrir, c'est d'avoir pitié de moi-même. Quel est votre vrai nom ?

— Albert Soames.

— O.K., Al, voilà qui est mieux. Quel genre d'acteur êtes-vous ?

— Minable.

— Ça, je m'en serais douté. Maintenant, on commence vraiment depuis le début. Nous allons d'abord nous mettre d'accord sur le fait qu'il n'existe pas de prince James Charles Alexander, ni de belle Carlota, suicidée ou pas. D'accord ?

— Oui.

— Alors, à qui est-ce que je ressemble ? Qui est la fille des photos ?

— Elle s'appelait Janet Stillman. Elle est morte.

— Qui est-elle ? Ou qui était-elle ? glapit Shirley. Je ne suis pas dentiste et j'ai l'impression de vous arracher les dents une à une.

— Vous croyez que c'est facile de vous raconter tout ça ? Que pensez-vous que je ressente ? Je serai peut-être forcé de vous tuer. Vous croyez que ça m'amuse ?

— Vous avez l'impression d'être un salaud, d'accord. Continuez, je vous écoute. Qui était Janet Stillman ?

— La fille unique de Morton Stillman, propriétaire de la chaîne des magasins Stillman et de pas mal d'autres affaires, dont le total s'élève à environ soixante-dix millions de dollars — pas plus. Et il est atteint d'un cancer, il n'a plus qu'une semaine à vivre, peut-être deux mois au maximum ; en tout cas, il va mourir et, la seule héritière, c'est Janet.

— Et elle est morte ?

— Oui. Il y a deux ans, elle est partie avec un salopard nommé Charles Alexander, un médiocre pianiste originaire de Charleston, en Caroline du Sud. Ils ont été mariés par un juge de paix à Hammond, dans l'Indiana, et je suppose qu'ils ont pris le chemin de la côte. Aux environs d'une petite ville d'Arizona, ils sont entrés dans une voiture qui venait en sens inverse. Ils devaient rouler à plus de cent trente à l'heure. La voiture a brûlé, on n'a retrouvé que des cendres. Les corps n'ont pu être identifiés, on n'a rapporté qu'une poignée de dents et de bagues déformées à la prison de Mesquite, la ville où l'accident s'est produit. Janet Stillman et Charles Alexander ont tout simplement disparu. Ils se sont volatilisés.

— Comment savez-vous tout ça ?

— Vous pensez que je mens encore ?

— Je ne pense rien du tout. Je ne suis pas douée pour la pensée, soupira Shirley. Je vous demande simplement comment vous avez appris tout ça ?

— Je l'ai appris par un nommé Joey Santela. Il a été pendant cinq ans le secrétaire de Stillman. Il en sait plus sur lui que Stillman lui-même. C'est un génie.

— Je n'en doute pas.

— C'en est un. Et il travaille toujours pour le vieux. C'était le second mariage de Stillman. Le premier ne lui avait pas donné d'enfants. Janet naquit lorsque Stillman avait quarante-six ans. Son père y tenait comme à la prunelle de ses yeux et voilà qu'elle se débine avec ce salopard de pianiste ! Imaginez un peu !

— Comment savez-vous que c'était un salopard ? interrogea Shirley.

— Santela le sait. Il a passé un an à rechercher Janet... pour son propre compte. Il a retrouvé sa trace à Hammond, puis à Mesquite. Il est allé là-bas lui-même avec la fiche dentaire de Janet et il a procédé à des vérifications. Puis il a trouvé des photos de ce Charles Alexander. C'est comme ça que je suis entré dans la combine.

Shirley haussa les sourcils, puis inclina la tête.

— Je commence à comprendre : vous êtes le pianiste... et moi, Janet Stillman. C'est ça, votre combine ?

— Vous avez mis le doigt dessus, Shirley.

— Tout ça pour soixante-dix millions de dollars ?

— Exactement.

— Et maintenant, expliquez-moi ceci : comment m'a-t-on trouvée parmi cent quatre-vingts millions de gens, sans avoir farfouillé chez les frères Bushwick, à la recherche de récipients en plastique pour l'huile d'olive ?

— Ne vous énervez pas, Shirley. Comment croyez-vous qu'on vous ait trouvée ? Nous avons passé des mois à examiner des photos, après nous être mis en cheville, Santela et moi. Je ne pouvais pas refuser, Shirley. C'était la plus grande chance de ma vie, je ne connaîtrai plus jamais un coup de veine pareil. En ce qui me concernait, la ressemblance n'avait pas une importance capitale. Le vieux Stillman n'a vu le pianiste qu'une seule fois. Mais en ce qui concernait Janet, c'était différent : sa « doublure » devait avoir vingt ou vingt et un ans. Et il fallait qu'elle soit vraiment le sosie de la disparue. Alors nous avons consulté tous les albums de toutes les écoles secondaires, classes 59 et 60 de New York et de sa région — chaque ville, chaque faubourg dans un rayon de quatre-vingts kilomètres. Ça représentait des centaines de documents et ce n'était que le début. Nous étions décidés à examiner tous les albums de toutes les écoles des États-Unis. Mais voilà que ce vieil abruti a fichu tous nos projets en l'air avec son cancer... et maintenant, c'est une question de jours ou de semaines au plus.

— Il a vraiment manqué de tact, reconnut Shirley. Je m'en rends bien compte.

— Ça peut vous paraître comique, mais pas à nous. Nous avons donc vérifié tous les albums locaux, en turbinant jour et nuit, et nous avons découvert une centaine de filles qui ressemblaient plus ou moins à Janet Stillman.

— Et dans celui de l'école Morris, vous avez trouvé une nommée Shirley Campbel.

— Exactement. Mais nous avons vérifié chaque piste et Joey Santela a vu toutes les filles en question. Le croiriez-vous, il n'y en avait qu'une sur qui nous pouvions fonder quelque espoir...

— Et alors ?

— Bon sang ! Shirley, vous ne comprenez pas ? Le temps pressait. Stillman peut claquer cette nuit. Il est peut-être même déjà mort.

— Il me semble que votre jolie petite combine pourrait marcher, qu'il soit vivant ou non.

— Mais vous ne comprenez pas ? Il faut qu'il change son testament. Il croit sa fille morte. Vous vous doutez bien qu'il a essayé de la retrouver. Et il y serait parvenu si Joey n'avait pas été assez malin pour brouiller les pistes. Santela a investi toutes ses économies dans cette affaire. Bien sûr, le vieux a prévu une donation de deux cent cinquante mille dollars, au cas où Janet réapparaîtrait, mais c'est de la roupie de sansonnet. Il faut qu'elle remonte à la surface pendant que Stillman vit encore. Les bijoux qu'il lui a achetés et qu'elle a hérités de sa mère — qui est morte elle aussi — valent à eux seuls deux millions de dollars. Le vieux a décidé en outre que cinq millions en actions et en obligations seront versés à sa fille, quand il le jugera bon. Même si la famille attaquait un nouveau testament et essayait de démasquer la fraude, nous toucherions dix ou douze millions. Il ne faut pas être trop gourmand. Mais si le vieux casse sa pipe, nous sommes fichus. Si vous le laissez mourir, vous vous fourrez dans la gueule du loup.

— Il me semble que vous m'y avez déjà fourrée, dit Shirley.

— Vous allez refuser une proposition pareille ?

— Et cette histoire de prince ? Et ces deux truands dans la voiture noire ? Et Seppi ? Tout ça, c'est encore assez vaseux.

— Écoutez, Shirley, peut-être que nous avons abattu nos cartes trop vite. Mais il le fallait. Santela avait imaginé cette histoire rocambolesque. Il avait cru que, si je parvenais à vous convaincre, vous accepteriez de m'aider, rien que par pitié, ou par affection... sans parler du titre qui n'est pas de la petite bière aux États-Unis. Et puis, si j'avais pu vous faire tomber amoureuse de moi, le reste aurait marché comme sur des roulettes.

— Me faire tomber amoureuse de vous ! glapit Shirley. Non mais tu dérailles, Toto !

— Bon, ça a foiré. Mais Joey ne vous connaissait pas. Il ne vous a vue que deux ou trois fois, dans la rue. Il ne pouvait pas deviner votre caractère. Et le temps pressait. Un certain Jack Flint met au point les détails pour Joey et il envoie les deux tordus vous chercher. On s'était dit que, si vous vous croyiez dans le même pétrin que moi, je gagnerais votre sympathie. Ça n'a pas marché. Nous ne pouvions pas deviner que ces deux imbéciles esquinteraient la voiture et se casseraient la figure. Ils n'avaient jamais reçu l'ordre de vous tuer. Seppi non plus. Il était simplement censé vous faire peur avec son couteau et vous laisser remonter chez vous. Mais il a perdu la boussole et ce flic a dû lui tirer dessus. Je regrette qu'il n'ait pas reçu la balle en pleine poire, ce crétin, cet abruti. Il ne l'aurait pas volé.

— Je n'ai jamais rencontré personne comme vous, dit Shirley d'un ton solennel. Vous êtes un numéro, croyez-moi.

— Personne ne vous demande de m'épouser. Tout ce qu'on vous demande, c'est de mettre vos petites mains sur un million de dollars... ou cinq millions pour votre part. Et vous crachez dessus !

— Vous êtes certain que le vieux Stillman n'appellera pas la police dès qu'il aura jeté un coup d'œil sur moi ?

— Joey a jeté plus d'un coup d'œil sur vous et il est prêt à jurer sur la Bible que vous êtes Janet Stillman. De toute façon, à en croire Joey, le vieux adorait tellement sa fille et il verse tellement de larmes à la pensée qu'elle ne sera pas là pour le voir rendre le dernier soupir qu'il vous accueillerait à bras ouverts, même si vous étiez une Chinoise. Alors, pourquoi ne pas lui faire ce petit plaisir ? Ses soixante-dix millions de dollars, il ne les emportera pas avec lui.

— Par conséquent, c'est vous qui lui rendez service, dit Shirley. Vous travaillez un peu pour lui, un peu pour vous et tout le monde est content.

— Vous pouvez jouer les bêcheuses... ou bien vous pouvez envisager les choses en fille raisonnable.

— Mon petit, fit Shirley d'un ton égal, enfoncez-vous bien ce que je vais vous dire dans votre jolie petite tête. Si jamais vous vous permettez de me traiter encore une fois de bêcheuse, je vous écorche vif. Je vous considère quant à moi comme une crapule, un salaud et un menteur. Si je crois à ce que vous venez de me raconter, c'est parce que vous n'êtes sûrement pas assez malin pour inventer une histoire pareille en cinq minutes et parce que je me rappelle avoir lu dans les journaux que la fille de Stillman avait disparu. Mais ça ne vous donne pas le droit de prendre des libertés avec moi. Ne l'oubliez pas. Vous pouvez peut-être me tuer. Mais je vous défends de m'insulter.

— Je n'ai pas l'intention de me mettre en colère,

répliqua-t-il. Je vous proposais une affaire, tout simplement.

— Et si je refuse ?

Albert Soames haussa les épaules.

— Alors, Joey se débrouillera tout seul. Il est toujours employé chez le vieux et Stillman va mourir de toute façon. Nous nous contenterons de clopinettes.

— Tout en sachant que je peux moucharder ?

— Vous ne moucharderez pas, Shirley. Je suis ici... et Flint est là-haut, sur le toit. Je ne tiens pas à vous tuer... mais si c'est nécessaire, je le ferai.

— Les flics ont coffré Seppi.

— Seppi est un minus et un camé. Il ne pige rien à rien.

Shirley regarda Soames un bon moment, d'un œil songeur. Son veston était légèrement gonflé par le petit revolver qu'il portait sous le bras.

— Eh bien ? dit-il.

— Supposons que je marche avec vous ? Comment allons-nous sortir d'ici ? Il y a un policier en bas, dans le hall, et un autre sur le trottoir d'en face.

— Et Flint nous attend sur le toit. Il y a une issue, quatre maisons plus loin, et une voiture toute prête à nous emmener. Les flics sont des petits malins. Ils ont posté deux hommes en bas, mais ils n'ont pas pensé au toit.

— Ils sont idiots, dit Shirley en souriant. Mais, vous autres, vous êtes très forts, n'est-ce pas ? C'est bon, montons sur le toit.

Soames se leva et lui rendit son sourire. Il déboutonna son veston et montra à Shirley le petit revolver qu'il portait dans un étui sous l'aisselle.

— Je suis heureux de voir que vous êtes raisonnable, dit-il. Peut-être que les autres filles n'étaient pas les sosies de Janet, mais certaines lui ressemblaient beaucoup. Je serais navré d'avoir à vous réduire au silence. Ça me rendrait malade, je vous l'assure. Je n'ai encore jamais tué personne.

— Ce rude extérieur cache un cœur d'or, hein, Toto ? dit Shirley.

CHAPITRE VI

Flint

Flint était un gros homme trapu, bâti comme un catcheur, avec une bouche mince et un nez écrasé. Soames renseigna Shirley sur son compte. Flint était un ancien boxeur qui avait servi autrefois de chauffeur à Morton Stillman. À en croire Soames, le cerveau de l'affaire était Santela, et Flint, l'exécutant. Ils s'étaient mis d'accord pour rouler Stillman, mais Flint, qui préférait la méthode directe, voulait nettoyer le coffre-fort et embarquer les bijoux. L'opération risquait d'entraîner l'exécution du vieil homme, et comme Santela gardait quelques scrupules et qu'il éprouvait le désir normal de ne pas recourir à un assassinat à moins que ce ne fût absolument nécessaire, il avait préféré l'autre méthode.

— De toute façon, expliqua Soames, ce qu'il y a dans le coffre, c'est de la gnognote. C'est vrai que le vieux y garde des titres négociables ainsi qu'une jolie somme en liquide. Mais en admettant même qu'avec les bijoux, ça se monte à deux millions de dollars, qu'est-ce que c'est, comparé à tout le magot ?

— Bien sûr. Deux millions de dollars, qu'est-ce que c'est ? fit Shirley d'un ton sarcastique.

— Votre sens de l'humour finira par vous perdre.

— Comment avez-vous l'intention d'ouvrir le coffre-fort ? En le faisant péter ?

Le terme de « péter » lui plaisait ; il lui semblait rendre un son professionnel.

— Pas ce coffre-là. Il est trop gros et trop solide. D'ailleurs, y a pas besoin de faire péter quoi que ce soit : Joey a la combinaison. Depuis des années, le vieux a confiance en lui. Un cerveau... (Il se frappa la tempe)... un cerveau, voilà ce qu'il faut avoir. Joey en a un, mais ce Flint est une vraie brute. Rien que des muscles. Alors, quoi qu'il arrive, surtout ne vous énervez pas. Vous avez bien compris, ne vous énervez pas. Laissez-moi m'occuper de Flint, je sais le manœuvrer.

— Qui est-ce qui s'énerve, James Charles ? Les nerfs, je ne sais pas ce que c'est. Les miens sont atrophiés.

— Et ne m'appelez pas James Charles.

— Ça va, Toto, ça va.

Ils sortirent sur la pointe des pieds, prirent l'escalier, et au dernier étage, Soames grimpa l'échelle menant au toit et ouvrit la lucarne d'un coup d'épaule. Dans les vieilles maisons du Village, transformées en appartements, il n'y avait pas d'escaliers de secours montant jusqu'à hauteur du toit, mais simplement une échelle conduisant à la lucarne.

Au moment où Soames se trouvait au sommet de l'échelle et soulevait la lucarne, Shirley aurait pu reprendre sa liberté. Elle le savait. Elle savait que si elle faisait demi-tour et dégringolait l'escalier quatre à quatre, elle avait toutes les chances d'arriver au rez-de-chaussée sans encombre et d'alerter le policier de garde. Elle demeura quelques instants indécise. Elle désirait ardemment courir cette chance, mais elle désirait également autre chose et elle hésita trop longtemps à peser le pour et le contre.

— Montez ! lui cria Soames.

Accrochant son sac à son bras, elle grimpa l'échelle et Soames l'aida à prendre pied sur le toit. Tandis qu'il refermait la lucarne, Shirley jeta un coup d'œil sur les toits des vieilles maisons de pierre et sur les gratte-ciel qui encerclaient cette petite enclave du passé. La lune était levée et au-dessus du halo des lumières de la ville, les étoiles brillaient faiblement.

Mais Flint manquait à l'appel. Shirley et Soames étaient seuls sur le toit.

— Où est Flint ? demanda-t-elle.

— Bouclez-la. (Soames la força à se détourner du passage qui reliait le toit à celui du bâtiment voisin.) Regardez par ici. Et ne vous énervez pas.

— Si vous m'avez encore raconté des bobards...

— Je vous ai dit de ne pas vous énerver, chuchota-t-il. Et fermez-la. Flint a un feu. Alors, faites ce que je vous dis.

Une voix ordonna derrière elle :

— Les mains en l'air et vous retournez pas !

Soames obtempéra. Shirley, écœurée par l'infantilisme de tous ces individus soi-disant adultes, demeura les bras pendants le long de son corps.

— J'ai dit, les mains en l'air, m'dame.

— Pourquoi ? Qu'est-ce que vous ferez si je ne les lève pas ? Me tuer ? Me voler ? J'ai vingt-deux dollars et quarante *cents* dans mon sac. Vous parlez d'un coup de filet ! Oh ! j'en ai marre, de vos petites idées, à tous. C'est vous, Flint ?

— Je veux le prince.

— Oh ! vous fatiguez pas, soupira Shirley. Si vous êtes Flint, allons-y. Le prince a cessé d'en être un. Il a abdiqué.

La voix questionna :

— Bon Dieu ! Soames, qu'est-ce qui se passe ?

Lentement, les mains toujours en l'air, Soames se retourna. Shirley l'imita. Elle aperçut Flint, debout sous le clair de lune, la tête dans les épaules, un pistolet à la main.

— Rentre ton feu, dit Soames. Tout va bien. Il a fallu que j'affranchisse la petite parce que l'histoire du prince était bouffée aux mites. D'ailleurs, j'avais prévenu Joey.

— Espèce d'andouille ! Quand Joey te dit de faire quelque chose, faut faire comme i' te dit !

— Bien sûr, bien sûr. S'il me dit de sauter par la fenêtre, faut que je saute par la fenêtre. Je te répète qu'elle marche avec nous. Je lui ai raconté toute la combinaison et elle est d'accord.

— Tu quoi ?

— Je lui ai raconté...

— Imbécile ! Crapule ! cria Flint en fonçant sur Soames. Tu nous as doublés avec cette gonzesse !

— Je ne vous ai pas doublés ! Écoute-moi donc, Flint !

Shirley, qui ne les quittait pas des yeux, vit que Soames n'était nullement inquiet. Il était tendu, sur ses gardes, furieux, mais il n'avait pas peur. Le garçon aux joues roses, qui avait presque pleurniché dans le grand fauteuil de Shirley, avait complètement disparu pour faire place à un autre individu, doué d'une personnalité entièrement différente.

— Je devrais t'aplatir comme une punaise !

— Eh bien, essaie donc, Flint, dit Soames d'un ton froid. Essaie donc. (Il éleva la voix.) Pour l'amour du Ciel, rempoche ce sacré pétard. La maison grouille de flics et ils peuvent se rappeler d'une seconde à l'autre qu'elle possède un toit.

Shirley retint son souffle en voyant Flint hésiter. Puis il rengaina son arme sous son aisselle. Shirley respira et Soames dit à Flint avec un sourire goguenard :

— Ça revient au même, non ? Si Joey a imaginé cette histoire de prince, c'était dans l'espoir que la gosse marcherait avec nous. Eh bien, elle marche.

— J'trouve ça louche, murmura Flint.

— Pourquoi ?

— Ça me paraît pas être son genre.

— T'es un spécialiste en gonzesses, hein, Flint ? dit Soames avec un mince sourire. Tu peux lire dans leur cerveau, hein ? T'as qu'à jeter un coup d'œil sur une gonzesse et tu sais tout ce qu'il y a à savoir sur elle.

— Cessez de me traiter de gonzesse, vous deux, fit Shirley d'un ton aigre, sinon je vous laisse tomber.

— Vous, fermez-la, gronda Flint. Fermez-la, sans quoi, j'vous y obligerai. Quant à toi... (Il se tourna vers Soames)... espèce de petite ordure, j'en sais plus sur les gonzesses que t'en apprendrais en mille ans. Cette sale petite tantouse qui me demande si je m'y connais en gonzesses !

— Je t'ai déjà dit, Flint...

— Qu'est-ce que tu m'as dit, salopard ?

— Je t'ai déjà dit de ne jamais m'appeler comme ça ! Je t'ai dit que je te tuerais si tu me traitais encore une fois de tantouse. (Il avait sorti le petit revolver.) Laisse ton feu où il est, Flint ! Je te le répète, laisse-le où il est ! Et lève les mains ! (Soames était tendu comme une corde à violon, tremblant de rage, dressé sur la pointe des pieds, les lèvres retroussées sur les dents.) Les mains en l'air ! cria-t-il d'une voix suraiguë.

Shirley regarda Flint lever les mains. Il avait peur de Soames ; de la transformation qui s'était produite en lui ; il était terrifié comme Soames ne l'avait jamais été. Flint avait l'air d'un dur à cause du physique dont la nature l'avait doté. Sous cet aspect coriace, c'était un invertébré, un mou. Il se dégonflait à présent comme un ballon crevé et il suait la peur. Il rampait, prêt à toutes les capitulations. Par contre, Soames cachait une âme de démon sous son aspect d'ange esseulé. Shirley en savait beaucoup plus long sur les hommes que Flint n'avait prétendu en savoir sur les femmes ; elle avait eu affaire à eux dès l'âge de douze ans ; elle les avait filoutés, rembarrés, elle avait joué à l'occasion les diplomates, les oies blanches, les ahuries — mais elle se rendait compte qu'elle n'avait encore jamais rencontré un homme tel que Soames.

— Flint, espèce de salaud, mets-toi à genoux ! glapit Soames.

— Je t'en supplie... je t'en supplie, Al, bredouilla l'autre.

— À genoux !

Shirley comprit que Soames allait tuer Flint... que rien ne pourrait l'en empêcher. Elle regarda Flint tomber à genoux.

— Avance, dit Soames.

Flint se traîna jusqu'à lui.

— Embrasse-moi les pieds, ordure !

Shirley s'approcha d'eux, lentement mais sans hésitation.

— Vous mêlez pas de ça, Shirley ! cria Soames.

— Écoutez-moi, Toto, dit Shirley d'une voix paisible. Si vous le tuez, il faudra me tuer, moi aussi. Et si vous le faites, vous allez tout bouziller. Réfléchissez. Vous allez dire adieu à Morton Stillman, au testament, aux soixante-dix millions... il n'y aura même plus un rond pour payer les frais. Parce que si vous nous tuez, tous les deux, les flics entendront les coups de feu et ça va chauffer drôlement. Et si par chance vous vous en tiriez, qu'est-ce que vous raconterez à l'ami Joey ? Que vous avez fichu ses beaux projets en l'air ?

Soames l'écoutait avec attention. Flint faisait de même. Shirley s'efforçait de parler d'un ton paisible, sentant que si sa voix se brisait, elle briserait aussi l'enchantement et que les événements reprendraient le cours inexorable et cauchemardesque dont elle avait été le témoin.

— Alors, conduisez-vous comme des grands garçons, tous les deux, conclut-elle. En ce moment même, Burton est peut-être en route pour ici. C'est un type intelligent. Supposez qu'il aille frapper à ma porte et découvre que je ne suis pas là. Il aura l'idée de monter sur le toit. Vous êtes d'accord ?

Flint et Soames la regardaient fixement. Puis Flint se releva lentement.

— Excuse-moi, Soames, dit-il d'une voix haletante. Je t'appellerai jamais plus comme ça.

— Ta gueule ! Allons rejoindre Joey.

« Mon Dieu, se dit Shirley, si jamais vous me laissez sortir indemne de ce pétrin, jamais plus je ne fourrerai mon nez dans ce qui ne me regarde pas. Jamais. Je ne jouerai jamais plus les terre-neuve. Je le jure. »

Flint les conduisit de toit en toit. Ils arrivèrent sur celui d'un vieil immeuble, haut d'environ deux mètres de plus que les maisons transformées en appartements. Flint se hissa sur ce toit. Puis il aida ses compagnons à y grimper.

Ils descendirent le long des escaliers de l'immeuble et ne rencontrèrent qu'une femme d'un certain âge chargée de paquets. La maison était à cinq cents mètres de l'appartement de Shirley.

Un peu plus loin, ils trouvèrent la voiture en stationnement, une longue Buick couleur crème. Soames dit à Shirley de s'installer dans le fond, mais il ne se donna pas la peine de lui ouvrir la porte. Flint s'installa au volant, et Soames prit place à ses côtés. Flint n'avait pas ouvert la bouche depuis qu'il avait fait des excuses à Soames.

— Tu suivras la rue Minetta, lui dit Soames.

— Et pourquoi ?

— Parce que je te le dis, répliqua l'autre d'un ton qui soulignait le changement survenu dans leurs rapports.

— Je vous ai prévenu qu'il y avait des flics dans ma rue, dit Shirley.

— Personne ne regarde à l'intérieur des voitures, affirma Soames en se retournant vers elle avec un sourire narquois.

Ils prirent la rue Minetta. Shirley aperçut la silhouette massive et voûtée du policier en civil posté sur le trottoir, en face de sa maison. C'est à peine s'il jeta un coup d'œil à la voiture qui passait lentement devant lui.

— Vous voyez ? Les flics sont des abrutis.

— Et nous, des petits malins, dit Shirley.

— Pour sûr.

— Vous en avez appris, des choses, depuis que vous avez cessé d'être acteur, hein, Toto ?

— Vous savez, dit Soames. Ça ne me plaît pas que vous m'appeliez Toto. Mais pas du tout.

— Alors comment je dois vous appeler ? James Charles Alexander ?

— Bouclez-la, marmonna Flint.

— Pouvez crever, dit Shirley.

Soames l'observait en souriant.

— Appelez-moi Al, dit-il. Vous ne manquez pas d'estomac, Shirley.

— Pourquoi ?

— J'aime les gens qui ont quelque chose dans le ventre.

— Les éléphants aussi.

— Quoi ?

— Les éléphants aussi ont quelque chose dans le ventre. Parlons d'autre chose.

— Vous savez, Shirley, dit Soames, toujours souriant, cette voiture, c'est celle de Joey. Elle vous plaît ?

— Pourquoi ? Vous avez l'intention de m'en faire cadeau ?

— Et quoi encore ! Vous savez, la bagnole noire qui a été bouzillée, elle n'appartenait pas à Joey. C'était une voiture louée. Et vous savez par qui ? Par Gros-lard, celui qui conduisait, et, là où il est à présent, la police ne lui fera pas signer de déclaration, pas vrai ? Tout ça pour vous dire quel genre de type est Joey. Le genre débrouillard. Si une bagnole se fait emboutir, ce n'est pas celle de Joey. Il se sert de ses méninges.

— Hurrah pour Joey. Il aura un bon point.

— Dis à cette souris de la boucler, grommela Flint.

— Pourquoi ? C'est pas tes oignons. Laisse-la parler.

— Mais oui, laissez-moi parler, dit Shirley. Je vous distrais. Tous les types qui sont sortis avec moi, ils disent : « Cette Shirley, c'est une minable, mais elle nous fait marrer. Non, on ne s'embête pas avec elle. » Dites-moi, Toto, vous avez quel âge ?

— Je vous avais demandé de ne pas m'appeler Toto.

— J'avais oublié.

— Pourquoi voulez-vous savoir mon âge ?

— Peut-être que je veux vous servir de mère.

— Je suis trop vieux pour ça, Shirley. J'ai vingt-trois ans.

— Vous apprenez rudement vite. Ne racontez à personne que vous êtes un cabot de troisième ordre. Vous êtes un grand acteur. Vous pourriez vous faire un nom sur la scène.

— La scène, je m'en fous...

— Vous avez raison. Avec soixante-dix millions de dollars, on pourra s'en payer en pagaille, des théâtres. Dites-moi, James Charles, c'était vrai, cette histoire de maison ? C'est là que nous allons ?

— Nous allons à l'hôtel Leland dans West End Avenue. Joey a un appartement là-bas. Pas tout à fait aussi chic que ceux des hôtels de l'East Side, mais pas mal quand même. Alors, détendez-vous, ma petite.

— Je suis tout à fait détendue, déclara Shirley.

CHAPITRE VII

Burton

Shirley ne laissait personne indifférent. Ou on la trouvait prodigieusement sympathique, ou franchement intolérable. Elle suscitait chez eux des réactions nombreuses et variées, mais jamais l'indifférence. Et elle avait provoqué, chez le lieutenant Burton, un certain nombre d'émotions qu'il jugeait troublantes.

Âgé de quarante-sept ans, sérieux, flegmatique, policier qui avait assez bien réussi dans la carrière, marié depuis longtemps, père d'un fils qui faisait ses études et d'une fille mariée qui allait le rendre bientôt grand-père, le lieutenant Burton se surprit à se demander quelle aurait été son attitude à l'égard de Shirley s'il avait eu vingt ans de moins. Il s'adonnait rarement à ce genre de conjectures. Elle l'émoustillait et le déprimait en même temps : et quand, au dîner, ce soir-là, sa femme Lucy lui demanda s'il était dans la lune, il bredouilla des explications confuses.

— Eh bien, reviens sur terre le temps de manger ta viande, lui dit sa femme. Il est déjà assez rare que tu partages mon dîner, je voudrais que tu lui fasses honneur. Je suppose que, si tu grossis, c'est à cause de la bière.

— Tu sais bien que je n'en bois plus.

— Je sais bien que ce n'est pas ma cuisine qui te fait engraisser.

— Ce sont les cacahuètes, dit le lieutenant Burton. Tu sais quoi, Lucy ? Si j'étais à Washington au ministère de la Santé publique, je décréterais que vendre des cacahuètes est un crime pire que le trafic de la drogue. On ne peut plus s'arrêter. Chaque fois que je passe devant un marchand de bonbons, je m'offre des cacahuètes. Les copains le savent, ils m'en achètent un gros sac et le posent sur mon bureau. Alors je suis perdu. Je finis le sac en une soirée.

— Ça se voit, dit sa femme en hochant la tête. C'était à ça que tu rêvassais ? Au ministère de la Santé publique ?

— Non, bien sûr que non. Je ne peux pas m'empêcher de penser à cette affaire et à cette gosse.

— Shirley ?

— Eh bien... oui.

— Personnellement, je n'aime pas ce nom-là. Je ne l'ai jamais aimé. Il m'a toujours semblé que les Shirley avaient un genre spécial qui ne me plaisait pas.

— Ce n'est qu'un prénom. Personne n'est responsable de son prénom. Mais c'est une gosse pas comme les autres, coriace, dure, et quand elle vous regarde, on a l'impression qu'elle a mille ans. Pourtant, elle me plaît bien. Elle me plaît vraiment.

— C'est ce que j'ai cru comprendre.

— Tu n'as pas besoin d'ironiser. Je pourrais être son père.

— Mais tu te félicites de ne pas l'être, n'est-ce pas ? fit Mme Burton avec un sourire suave.

— Écoute, dit Burton, dans ma profession, on rentre en contact avec toutes sortes de gens. Tu le sais.

— Bien sûr que je le sais.

— Alors pourquoi toutes ces histoires ?

— Quelles histoires ?

— Tu sais fichtrement bien ce que je veux dire.

— J'aime les hommes énergiques, déclara Mme Burton. Les hommes énergiques qui emploient un vocabulaire énergique. Mais oui. Et tant que je t'imagine dans ton ravissant petit bureau...

— D'accord, il est infect.

— ... en train de passer à tabac un pauvre diable incapable de te résister, ça m'est égal. Je me dis, le pauvre vieux lieutenant ne fait que son boulot.

— Bon Dieu ! Lucy, je ne passe personne à tabac dans mon bureau et tu le sais.

— Alors, où ? Tu les emmènes au sous-sol ? Je parie qu'il y a un vrai petit bijou de cave dans ton commissariat.

— Jolie façon de parler, dit Burton. Oui, c'est vraiment gentil. Alors tu crois que je passe les gens à tabac pour le plaisir ?

— Je me trompe ? demanda-t-elle d'une voix douce.

— Tout ça parce que je t'ai dit deux mots sur cette gosse. Si j'avais un peu de bon sens, je la bouclerais quand je suis chez moi. Qu'est-ce que tu crois que je fais à cette petite ?

— Tu ne la bats pas. Je n'ai pas dit que tu battais les femmes. Je suis sûre que tu as des flics femelles pour ce genre de travail.

— C'est bon. Je mets les pouces.

— Moi aussi, soupira Mme Burton.

— Je ne comprends pas ton attitude, reprit Burton, mais il fut interrompu par la sonnerie du téléphone.

Sa femme alla décrocher, écouta un moment, puis lui dit :

— Une dame du nom de Cynthia Kugelman voudrait te parler.

— Qui ça ?

— Cynthia Kugelman. Elle dit que c'est au sujet de Shirley.

Burton se rappela brusquement le nom. Il prit l'appareil et dit :

— Allô ? Ici, Burton.

— Mon nom est Cynthia Kugelman, monsieur Burton. J'ai téléphoné au commissariat, on m'a donné votre numéro et on m'a dit de vous appeler tout de suite, autrement, je...

— Je vois. Qu'est-il arrivé à Shirley ?

— Eh bien, vous comprenez, monsieur Burton, Shirley et moi, nous sommes des amies intimes. En fait, si nous étions sœurs, nous ne pourrions pas être de meilleures amies... Je veux dire, nous n'avons pas de secrets l'une pour l'autre, parce que vous êtes l'amie intime d'une fille...

— Vous êtes des amies intimes ! aboya Burton. J'ai compris. Qu'est-il arrivé ?

— Elle m'a tout raconté...

— Tout, quoi ?

— Eh bien, je l'ai appelée tout à l'heure parce que j'étais inquiète, ce qui est bien naturel. Shirley et moi, nous sommes... nous sommes orphelines toutes les deux, ce qui nous rapproche beaucoup et nous nous faisons du mauvais sang l'une pour l'autre. Donc, je lui ai téléphoné tout à l'heure...

— Oui, oui, arrivez-en au fait.

— Vous montez pas le bourrichon, dit Cynthia, d'un ton patient. Je suis déjà assez embêtée comme ça. Je lui ai téléphoné et nous avons bavardé. Puis j'ai décidé de la rappeler, il y a un quart d'heure et ça ne répondait pas.

— Vous en êtes sûre ? Vous avez laissé le téléphone sonner ?

— Quinze fois.

— La première fois que vous l'avez appelée, comment était-elle ?

— Bizarre.

— Qu'entendez-vous par là ?

— Elle m'a posé des tas de questions sur les faux princes...

— Les faux quoi ? hurla Burton.

— Princes. Vous savez comme le prince de Galles ou le prince Mike Romanoff...

— Quel genre de questions ?

— Eh bien, comment on pouvait distinguer un prince authentique d'un faux prince, et je lui ai dit que, les vrais, ça n'existait pas. Et elle m'a répondu qu'elle en avait un faux dans la pièce voisine.

— Un faux quoi ?

— Un faux prince.

— Avec elle ? Dans son appartement ?

— Je crois bien que c'est ce qu'elle a dit, monsieur Burton. Avec Shirley, ce n'est pas toujours facile de savoir la vérité parce qu'elle a le sens de l'humour qui...

— Je le sais, qu'elle a le sens de l'humour, coupa Burton, agressif. Vous allez me donner votre adresse et votre numéro de téléphone, Miss Kugelman, et vous resterez chez vous toute la soirée afin que je puisse vous joindre, si nécessaire. Vous avez compris ?

— Parfaitement, lieutenant, répondit Cynthia. Et je vous en prie, essayez de la tirer de là. C'est une très bonne fille, mais par moments, elle est stupide.

— Tu n'as presque rien mangé, fit observer Mme Burton tandis que son mari enfilait son veston. Ça ne peut pas attendre un peu ?

Il secoua la tête d'un air sombre et le téléphone sonna de nouveau. Mme Burton alla répondre et annonça :

— C'est Larry Cohen, du bureau du district attorney.

— Je ne peux pas lui parler maintenant. Dis-lui que je lui donne rendez-vous dans dix minutes rue Minetta.

— Il dit qu'il est en train de dîner.

— Réponds-lui que, moi aussi, je suis en train de dîner. Et que je veux le voir rue Minetta dans dix minutes.

Là-dessus, Burton sortit en trombe, laissant à sa femme le soin de persuader le procureur adjoint qu'il était indispensable de sacrifier son dîner au bien public.

Quant à Burton, tout en roulant vers le centre de la ville, il préparait déjà le discours qu'il se proposait d'adresser au policier en civil qu'il avait laissé dans le hall de la maison de la rue Minetta. Au cours de sa longue carrière, Burton avait accumulé une riche et presque inépuisable cargaison d'épithètes, prévues pour toutes les occasions possibles, mais à peine venait-il d'ouvrir le feu sur le policier en civil que celui-ci jura ses grands dieux qu'il avait vérifié les allées et venues de tous les gens qui étaient entrés dans la maison ou en étaient sortis. Burton remit son engueulade à plus tard, grimpa l'escalier quatre à quatre et sonna une demi-douzaine de fois chez Shirley.

— Allez chercher le concierge ! Avec un passe-partout ! rugit-il au policier.

M. Foley, le concierge, dont l'haleine empuantie par l'alcool aurait tué les mouches à quinze pas, vint ouvrir la porte, Burton se rua dans l'appartement, visita les deux petites pièces et la cuisine, jeta un coup d'œil dans le placard et se retourna vers le concierge.

— Vous l'avez vue ?

— Non. Je lui ai parlé à travers la porte. Elle n'a pas voulu me laisser entrer.

— C'est exact, dit le policier en civil. Je l'ai vu monter. Il est redescendu environ trois minutes plus tard.

— Vous l'avez vu monter ! rugit Burton. Que diable voulez-vous dire ? Pourquoi ne l'avez-vous pas accompagné ?

— Alors, j'aurais abandonné mon poste, monsieur ?

— Vous aviez un collègue sur le trottoir d'en face, non ? Vous auriez pu lui demander de vous remplacer. Mais pour ça, il aurait fallu avoir deux sous de jugeote, hein ? (Il se retourna vers le concierge.) C'est bon... vous pouvez disposer. Mais restez dans l'immeuble, compris ?

Le concierge s'en fut.

— Quant à vous, dit Burton au policier, descendez attendre M. Cohen, du bureau du district attorney. Dès son arrivée, faites-le monter ici.

L'autre descendit l'escalier et Burton remonta quatre à quatre, avec une aisance et une vigueur remarquables pour son âge. Arrivé en haut, il grimpa à l'échelle, vit que la lucarne avait été ouverte de l'intérieur ; se souleva et se hissa sur le toit. Il y resta un moment immobile, à regarder autour de lui. Puis il redescendit, referma la lucarne et tira le verrou. Après quoi, il revint dans l'appartement de Shirley, tira la porte derrière lui et commença à examiner les lieux méthodiquement. Il remarqua la vaisselle sale, les deux assiettes, les deux fourchettes, les deux couteaux, les deux tasses à café. L'une d'elle portait une trace de rouge à lèvres. Passant le petit doigt par l'anse de l'autre tasse, il la souleva de l'évier et l'enveloppa soigneusement, mais sans la serrer, dans un morceau de papier.

À cet instant précis, la sonnette retentit.

Burton fit entrer le procureur-adjoint. Larry Cohen, qui ne paraissait nullement enchanté d'avoir dû s'arracher à son dîner pour se rendre dans une bicoque de Greenwich Village, était un bel homme d'environ trente-cinq ans, l'air sérieux, légèrement voûté et menacé de calvitie. Il franchit le seuil de l'appartement avec une répugnance marquée, faisant observer que même le destin savait parfois attendre son heure, et soulignant qu'il n'avait jamais aimé le Village et ne comprenait pas qu'on pût choisir d'y habiter.

— Je vais demander au maire d'envoyer les bulldozers dès demain, Larry. En attendant, c'est la vie d'un être humain qui est en jeu, mais qu'est-ce que ça peut foutre !

— Ah ! ne faites pas la mauvaise tête, rétorqua Cohen. Alors, c'est ici qu'elle demeurait ?

— Qu'elle demeure ! Elle n'est pas encore morte.

— Comment le savez-vous ? demanda Cohen d'une voix calme.

— Parce que j'en ai décidé ainsi, bon Dieu !

— Ah ? (Cohen regarda autour de lui.) Pas de traces de lutte ?

— Non. Il est possible qu'elle soit partie de son plein gré. Il est également possible qu'on l'ait assommée et emportée.

— Vous m'aviez dit que vous faisiez surveiller la maison.

— C'est exact, fit Burton d'un ton amer. J'avais posté un homme en bas, et un second sur le trottoir d'en face. Mais nos types sont passés par le toit.

— Ah ? Très astucieux de leur part d'avoir songé que la maison avait un toit.

— Ne vous fatiguez pas, Larry, je ne suis peut-être pas très intelligent, mais je ne suis tout de même pas un imbécile. Ici, c'est une vieille baraque transformée en appartements, le genre d'immeuble où l'on accède au toit par une espèce de trappe. J'ai grimpé là-haut en fin d'après-midi et j'ai vérifié. La trappe se verrouille de l'intérieur. Pour l'ouvrir de l'extérieur, il faudrait la faire sauter, et on ne l'a pas fait sauter.

— Donc elle a été ouverte de l'intérieur. Peut-être par la jeune fille.

— Ou par l'homme qui l'accompagnait.

— Mais comment serait-il entré dans la maison ?

— Bon Dieu, je n'en sais rien. Si je connaissais toutes les réponses, je ne serais pas là à me creuser les méninges... d'autant que la nature ne m'a pas gâté de ce côté-là.

— Elle n'a gâté personne, dit Cohen en haussant les épaules. Franchement, lieutenant, il y a quelque chose de louche, dans toute cette histoire. Cette gamine envoie deux bonshommes *ad patres* et vous affirmez qu'il ne s'agit même pas d'un homicide par imprudence, que nous n'avons rien à lui reprocher et que nous ne pouvons même pas la conduire au poste.

— Parce que nous n'avons effectivement rien à lui reprocher. Ces deux brutes ont voulu la tuer.

— Vous n'avez que sa parole.

— Elle affirme qu'elle se trouvait dans cette voiture ; que les choses se sont déroulées ainsi. Il n'y a pas eu de témoins.

— Mais vous la croyez sur parole quand elle vous raconte qu'on a voulu la tuer.

— Larry, dit doucement Burton, je suis un imbécile. Non, ils ne voulaient pas la tuer. Le plus petit des deux types avait un pétard muni d'un silencieux. Rien ne lui aurait été plus facile que de liquider cette gamine ici même. Ils l'ont emmenée parce qu'ils avaient besoin d'elle. Bien vivante.

— Et Seppi, l'homme au couteau ?

— Vous savez, Larry, avant d'ouvrir la porte j'ai entendu Shirley engueuler ce Seppi. Elle le traitait de tous les noms... et c'est un morphinomane, aussi instable qu'explosif. Il a pu perdre les pédales et décider brusquement de la tuer.

— Vous l'avez interrogé, n'est-ce pas ?

— Je lui ai demandé pour qui il travaillait et il a juré qu'il ne connaissait aucun nom. Un grand jeune homme maigre et un gars qui a l'air d'un ancien boxeur. C'est tout ce que j'ai pu tirer de lui. Mais je ne lui ai pas demandé s'il avait reçu l'ordre de supprimer la petite. J'étais sûr que oui.

— Que faut-il conclure de tout cela ? dit Cohen. Qu'il s'agit d'un kidnapping ? Mais pourquoi ? Il n'y a rien de mystérieux dans la vie de Shirley Campbel. Nous avons enquêté sur ses activités présentes et passées. Avant d'entrer dans cette usine de plastiques, elle est restée quatre ans au lycée Morris dans le Bronx, après avoir fait huit ans de communale. La mère était une alcoolique qui ne travaillait que par intermittence. Le père était une espèce de clochard qui a fichu le camp avant la naissance de sa fille. Cette gosse a vécu comme des milliers d'autres dans cette ville et c'est toujours la même histoire lamentable : la misère, le trottoir, les allocations de secours...

— Ne vous apitoyez pas sur son sort.

— Pourquoi pas ?

— Elle mérite mieux que ça.

— Lieutenant, qu'a donc cette gosse pour vous intéresser à ce point ?

— C'est un être humain... ça suffit, je crois. Écoutez, Larry... ne vous inquiétez pas d'elle. Je la connais, vous pas. Il y a une autre question que je veux vous poser. Avez-vous jamais connu un escroc ou un malfrat qui fût vraiment intelligent ?

Cohen réfléchit un moment.

— La question a-t-elle vraiment de l'importance pour vous ?

— Oui.

— Eh bien, la réponse est non. J'ai rencontré des escrocs rusés, astucieux, mais intelligents, non. Aucun d'eux n'est intelligent.

— Tout à fait d'accord, dit Burton. C'est aussi ce que mon expérience m'a appris... et voilà vingt-cinq ans que je fais ce métier. Votre maître criminel est un mythe. Quelqu'un devrait étudier le degré d'intelligence des criminels — je suis sûr que le niveau moyen serait assez bas. Quand ils mettent une combine sur pied et qu'elle donne de bons résultats, c'est une simple question de veine. Mais quand ça foire et qu'ils vous racontent comment ils ont organisé leur coup, y a de quoi faire dresser les cheveux sur la tête. Ils raisonnent comme des gosses de huit ans. Et leurs plans n'ont aucun rapport avec la réalité. Je ne discuterai pas la question de savoir si le criminel est toujours ou presque toujours un paranoïaque à tendances schizophrènes ; dans mon métier, on ne peut prendre ces théories-là en considération. Mais qu'il soit ou non schizophrène, il agit comme tel... du moins quand il organise un crime. Il s'y prend comme un crétin.

— Lieutenant, m'avez-vous arraché à mon dîner pour me faire un cours sur la mentalité du criminel ?

— Précisément.

— Mais où diable voulez-vous en venir ?

— À ceci, Larry. Écoutez-moi bien ; vous avez

entendu parler du vieux truc d'usurpation d'identité ? Je suis votre fils ou votre fille disparus depuis longtemps. C'est un des thèmes favoris de la télévision et du cinéma.

— Je ne regarde pas la télévision.

— Moi si, alors vous pouvez me croire sur parole. Eh bien, c'est inepte. Ça ne tient pas debout. Vous avez un fils, une femme, une fille et vous les connaissez. Personne ne vous fera prendre des vessies pour des lanternes. Mais, pour le criminel, la réalité n'existe pas. Il mijotera une combine à la gomme pour remplacer une personne par une autre. Il trouvera des photos de la personne à remplacer. Ensuite il cherchera quelqu'un qui ressemble à ces photos. Après quoi, l'imposteur doit entrer dans le jeu. Vous saisissez ?

— Je saisis, dit Cohen en hochant la tête. Mais ça me paraît bien tiré par les cheveux.

— Comme tous les crimes.

— Mais ce ne sont là que des hypothèses.

— Je sais. Mais si vous en trouvez une autre qui colle avec les faits, je vous écoute.

— Vous savez, lieutenant, j'avais des invités chez moi. Je me suis excusé auprès d'eux pour répondre à votre coup de téléphone impératif, mais ils sont toujours à la maison et moi je suis ici, dans un appartement de la rue Minetta, à discuter de la personnalité schizophrène du criminel banal. C'est aussi illogique que l'acte dit criminel.

— Pourquoi ne me demandez-vous pas la raison de mon appel impératif ? dit Burton.

— Bon. Quelle en était la raison ?

— La voici : Quand je vous ai montré ces photos, votre première réaction a été de dire que ce visage vous était familier.

— C'est une réaction normale quand on voit la photo d'une jolie fille.

— Soyez sérieux, Larry, fit Burton d'un ton las. Moi aussi, j'ai laissé mon dîner en plan. Vous n'avez pas dit ça en l'air.

Cohen haussa les épaules.

— Admettons. Vous les avez là, ces photos ?

Burton les sortit de sa poche et les tendit à Cohen, qui les considéra songeusement.

— Eh bien ?

— Eh bien, je crois comprendre pourquoi il m'a semblé la reconnaître. Cette photo me rappelle vaguement quelqu'un, mais qui, je n'en sais rien, et il y aurait très, très longtemps de ça. Elle évoque pour moi une enfant, non pas une femme.

— Une enfant de quel âge ?

— Huit ans, neuf peut-être.

— Il y a quatorze ou quinze ans de ça. Où étiez-vous à l'époque ?

— Encore à l'université.

— Mais vous reveniez chez vous aux vacances, en été. Vous avez vu votre famille et des amis. Votre famille était plutôt fortunée, n'est-ce pas.

— Mon Dieu !... pas si fortunée que ça.

— Mais suffisamment pour connaître les riches ?

— Peut-être. Mon père était un avocat assez réputé. Il connaissait beaucoup de monde.

— Vit-il toujours ?

Cohen secoua la tête.

— Non. Mais ma mère, oui.

— Bon. Et votre femme ? Est-elle originaire de New York ?

— Oui.

— Vos tantes ? Vos oncles ? Les associés de votre père ?

— Ils étaient sept dans la firme. Quatre sont encore vivants. Mais vous ne me parlez pas sérieusement, si ?

— Je parle sérieusement. Nous allons faire une liste de toutes les personnes qui ont été en relations avec vous il y a quinze ans et qui, par conséquent, ont pu connaître cette jeune fille. Nous irons les voir, l'une après l'autre, et nous essaierons de leur rafraîchir la mémoire.

— Lieutenant, c'est de la fantaisie pure. Comme d'acheter un billet de loterie. Vous vous raccrochez à n'importe quoi.

— S'accrocher à n'importe quoi, cela fait partie de mon travail, reconnut Burton.

— N'y a-t-il pas des méthodes plus orthodoxes ? Pourquoi ne pas publier cette photo dans les journaux ?

— Je crois que le gang ne trouverait pas le procédé à son goût. Et il pourrait décider que la seule solution est de tuer Shirley. Et je ne veux pas qu'on la tue. Je suis un gros flic plus tout jeune, Larry, et j'ai passé l'âge où l'on est sentimental, mais je n'ai jamais rencontré une fille pareille et je ferai tout ce que je peux pour qu'elle reste en vie.

CHAPITRE VIII

Santela

Le Leland était un hôtel décrépit, dans West End Avenue, vers la Quatre-vingt-dixième Rue, qui avait eu autrefois un certain standing. Contrairement à ces hôtels du centre de la ville qui ne valaient guère mieux que des asiles de nuit et qui recevaient des clients anonymes à deux ou trois dollars la nuit, le Leland était parvenu à garder une certaine dignité grâce à sa taille impressionnante. Haut de vingt-cinq étages et construit peu avant la grande crise de 1930, il arrivait, tel un homme de très haute taille, à présenter, de l'extérieur, un aspect qui ne correspondait pas à son intérieur misérable. Il était habité par un certain nombre de très vieilles dames qui allégeaient la monotonie des jours interminables par le confort de la vie en hôtel ; des hommes seuls, d'âge mûr, qui menaient une existence douteuse, en marge des affaires — les rackets mineurs, les courses et Broadway — et qui défiaient le monde entier et polluaient l'atmosphère avec leurs cigares bon marché ; enfin, des clients de passage, allant du touriste authentique, refoulé vers les quartiers périphériques de la ville par la pénurie de chambres dans le centre, des petits hommes d'affaires qui avaient leurs bureaux dans l'hôtel même, des chiropracteurs, des masseurs, etc., à des gens tels que Joey Santela qui voulait habiter un endroit tranquille où on ne lui poserait pas de questions.

Comme un être humain, un hôtel atteint un tournant de son existence où il cesse de poser des questions et accepte avec philosophie ce que le destin lui apporte. Et cet esprit de résignation n'échappa pas à Shirley lorsqu'elle entra au Leland avec Flint et Soames. L'expérience de Shirley était limitée et juvénile, mais, comme tant de gens qui se sont fait les dents sur la dure carcasse de New York, elle avait dans le sang une intuition des choses que cent ans d'existence normale et adulte ne lui auraient peut-être pas donnée. Loin d'être blasée, elle était terriblement lucide.

Dès l'âge de douze ans, elle avait su, par la force des circonstances, réduire à leur plus simple expression ses réactions aux chocs, à l'horreur ou au dégoût, et son innocence n'était pas fondée sur l'isolement ou l'ignorance, mais sur le refus, né d'observations prolongées, de s'ériger en juge. Son goût n'était pas critique, mais infaillible, et le laminage incessant de la vie new-yorkaise lui avait permis d'acquérir sa propre boussole, son propre dictionnaire et son propre guide. Elle évalua l'hôtel Leland à sa juste valeur et, avant même d'avoir vu Joey Santela, elle en savait long sur son compte.

Il ouvrit lui-même la porte de l'appartement. C'était un quadragénaire brun, assez bel homme. Ses cheveux clairsemés étaient d'un noir de jais, grâce à l'application d'une teinture dont on voyait des traces sur le cuir chevelu ; se teindre est la dernière et la plus pathétique vanité de l'homme menacé de calvitie. Il était vêtu avec soin — complet sombre, chemise blanche, cravate de soie à raies marron — et portait des lunettes à grosse monture noire. Il imitait divers styles avec plus ou moins de succès, et le résultat, c'était qu'il étalait sa vanité aux yeux de tous. Shirley le perça à jour immédiatement : Santela était d'une vanité maladive.

Il sourit de plaisir en apercevant la jeune fille. Soames lui avait téléphoné du hall et Santela s'attendait à accueillir un volontaire plutôt qu'un conscrit.

— Entrez, entrez, ma chère enfant, lui dit-il, et lorsqu'elle eut franchi le seuil, suivie de Soames et de Flint, il tourna autour d'elle à petits pas, tout en l'examinant avec le plus grand intérêt.

— Stupéfiant, murmura-t-il. (Il avait tendance à zézayer.) La ressemblance est ahurissante, absolument ahurissante. Des jumelles, on croirait que vous êtes jumelles, jusqu'à la manière dont vous vous coiffez.

Shirley le regardait songeusement.

« C'est un maboul, se dit-elle. N'oublie pas ça, Shirley. Tu es stupide, sinon tu ne serais pas là. Être venue ici est la plus belle idiotie que tu aies jamais faite, et tu en as fait quelques-unes. Mais ne sois pas bête au point d'oublier que ce type-là est maboul. »

— Traversez la pièce, ma chère petite, dit Santela.

Shirley obéit. Flint et Soames se laissèrent tomber sur le divan.

— Superbe ! La démarche est superbe ! Absolument superbe ! (Il se retourna brusquement vers Flint et demanda :) Où as-tu laissé la voiture ?

— En face, patron.

— En face ! En face ! Que crois-tu que j'aie là ? Un clou de l'année dernière ? Tu sais bien que cette Buick coûte plus qu'une Cadillac !

— Je sais, patron.

— Alors, va la mettre au garage ! Tout de suite !

Flint inclina la tête et sortit. Soames s'étala sur le divan, un mince sourire sur son visage rose de chérubin.

— Les imbéciles, dit Santela. Asseyez-vous, Miss Campbel. Nous avons la malchance d'avoir affaire à des imbéciles. Avez-vous faim ? Soif ? Voulez-vous boire un scotch, un bourbon ? Choisissez, je vous prie.

— Non, merci, dit Shirley.

— Ah ! la voix ! *la voix !* c'est ça que j'attendais !

— C'est bien la première fois qu'on attend d'entendre ma voix, dit Shirley.

La tête penchée de côté, comme pour mieux

écouter, les lèvres serrées, les lunettes à la main, Santela reprit :

— Allez-y, allez-y. Ne vous arrêtez pas de parler, Shirley, je vous en prie.

Il l'avait tout de suite appelée par son prénom.

— Un type qui vous demande de parler, ça c'est nouveau, fit remarquer Shirley. Vous voulez que je vous récite quelque chose ? « Dans le jardin mûrit la pomme, sous le soleil je fais un somme. La rosée s'évapore comme... Fondrait une boule de gomme... »

Soames applaudit. Santela se tourna vers lui.

— Votre attitude me déplaît, dit-il. Nous ne sommes pas en train de jouer.

— Excusez-moi, Joey.

— Si vous preniez l'habitude de m'appeler « Monsieur Santela » ? Vous êtes censé être un acteur. Si vous voulez faire les choses convenablement, il faut que ça devienne une habitude.

— J'ai dit que je m'excusais, Joey.

— « Monsieur Santela ». (Il s'approcha de Soames et le toisa de toute sa hauteur.) Eh bien ?

— Comme vous voudrez, monsieur Santela.

— Bon. À présent, je veux rester seul avec elle. Allez vous promener. Payez-vous une glace.

— Je n'aime pas les glaces, dit Soames avec irritation.

— Alors prenez une bière. Allez jouer au billard. Allez au cinéma. Faites ce que vous voudrez.

— Et ce soir ?

— Je veux que vous soyez de retour ici à minuit.

Je veux que vous dormiez un peu. Nous irons là-bas demain.

— Quoi ?

— Vous m'avez entendu. Nous réglerons cette affaire demain et puis nous filerons. J'ai déjà retenu trois places pour le Brésil sur un avion de la Panam qui décolle à minuit. J'en ai parlé au vieux aujourd'hui.

— Vous en avez parlé au vieux ?

Soames était stupéfait, énervé, inquiet. Shirley l'observait avec intérêt. Elle avait l'impression d'être au cœur d'un drame mal construit, dont aucun des acteurs ne savait exactement le rôle qu'il devait jouer. Soames, elle l'avait compris, était totalement instable, un individu violent et susceptible, adorant l'argent, tenaillé par l'esprit de lucre. Santela était obtus, dénué de sensibilité. Elle avait connu trop d'hommes de ce genre, entièrement préoccupés d'eux-mêmes, créant un monde à part tel qu'ils le concevaient et le souhaitaient.

— Vous en avez parlé au vieux, répéta Soames. Qu'est-ce que vous entendez par là, bon sang ?

— Ayez un peu confiance en moi, Al, dit Santela avec un sourire narquois.

— Confiance, mon œil ! J'ai mis tout ce que je possédais dans cette combine !

— Et qu'y avez-vous mis au juste, Albert ? Vous viviez dans une chambre meublée sordide quand je vous ai ramassé. Vous n'aviez pas travaillé depuis six mois... et vous étiez dans les griffes de...

— Ne revenez pas là-dessus ! glapit Soames.

— Mais vous avez eu confiance en moi et je vous ai donné tout ce qu'il y avait de mieux, continua Santela d'une voix douce. Vous avez vécu comme un roi... un appartement de deux pièces dans un bon hôtel, des vêtements neufs, une nourriture de qualité, sans parler de la bonne compagnie... l'amitié d'un homme tel que moi. Est-ce négligeable ? Et tout ça parce que vous m'avez fait confiance ? (« Seigneur, songea Shirley, quand je les choisis, je les choisis bien ! ») Vous avez eu confiance en moi, répéta Santela d'une voix douce.

— Oui, et après ?

Santela fouilla dans la poche de son veston.

— Voici les billets pour le Brésil. Regardez-les.

— Je n'ai pas besoin de les voir. Sur ce point, je vous crois sur parole. Mais si nous partons demain soir, que deviennent le testament et les soixante-dix millions de dollars ?

— Albert, Albert, vous êtes un enfant à tant de points de vue. (Soames se hérissa et Santela se hâta d'ajouter :) Non, non, j'entends cela au meilleur sens du terme. L'innocence, la douceur d'un enfant...

« Je ne suis pas là, je ne crois pas à ce qui m'arrive », se dit Shirley et, pour le moment, ils semblaient avoir complètement oublié sa présence.

— ... la confiance d'un enfant. Oh ! j'avais espéré décrocher la timbale, la plus grosse de toutes. Tout le monde rêve de cette grosse timbale et vous avez eu tout à fait raison de marcher avec moi. Vous m'avez fait confiance parce que je le méritais et je le méritais parce que je vous ai prouvé que j'étais un homme d'action. Vous savez combien de fois nous avons discuté le fait que le monde était divisé en deux clans : ceux qui agissent et ceux qui subissent. Je vous ai prouvé que, moi, j'étais capable d'agir, n'est-ce pas, Albert ?

— Continuez, je vous écoute, dit Soames.

— Mais il y a tant de choses en ce monde qui vous échappent, Albert. Cela s'explique par votre jeunesse et votre naïveté. Attaquer en justice le testament d'un homme tel que Morton Stillman est une affaire excessivement complexe qui prendrait beaucoup de temps. Oui, je crois que nous aurions pu réussir si tout avait bien marché, si nous avions convaincu Stillman que Shirley, ici présente, était bien sa fille, si elle avait pu progressivement gagner sa confiance. Mais cet abruti de Flint a tout gâché. Deux de ses tueurs à gages sont morts et ce camé de Seppi est entre les mains de la police. Et il y a quelque chose de beaucoup plus important entre les mains de la police : les deux photos de la fille de Stillman. Combien de temps s'écoulera-t-il avant que quelqu'un les reconnaisse ? Et qu'elles soient publiées dans les journaux ? Auquel cas on découvrirait le pot aux roses et ce sera une veine si nous ne nous retrouvons pas en prison. Comme dit le proverbe, Albert, faute de grives, on mange des merles.

— Je ne vois aucun merle, marmonna Soames. Pas même la queue d'un.

— Ça viendra, Albert, ça viendra. J'ai eu une

longue conversation avec M. Stillman aujourd'hui. Il continue à aller et venir, il habite toujours chez lui, mais il est très, très malade, le pauvre homme, et ses jours sont comptés. Je lui ai dit que j'avais pris contact avec sa fille et sa réaction a été pathétique, Albert, vraiment pathétique. Il a désespérément envie de revoir sa fille avant de mourir. Stillman est un sentimental et ça m'a fait de la peine de lui dire que sa fille ne voulait pas le voir. À lui aussi, ça a fait de la peine.

— Pourquoi lui avez-vous dit ça ?

— Pour qu'il songe à employer la persuasion. Et qu'y a-t-il de plus persuasif que l'argent ? L'argent peut renverser tous les obstacles. Je lui ai dit que sa fille était ulcérée parce qu'il lui avait refusé un héritage qui lui revenait de droit. Bien entendu, il a été bouleversé, profondément bouleversé. Il m'a supplié de lui amener sa fille. Il m'a dit : « Joseph, si quelqu'un peut la faire revenir sur sa décision, c'est vous. Je n'en demande pas trop, Joseph. Je ne demande pas la lune. Je ne demande pas qu'elle vienne vivre ici, je voudrais simplement la voir quelques heures, lui parler, la regarder. Je vais mourir, Joseph. Est-ce trop d'exigence de la part d'un mourant ? » Croyez-moi, Albert, c'était très touchant. Vous ne trouvez pas ça touchant, Shirley ? demanda-t-il en s'adressant à elle.

Shirley les regardait fixement. Elle savait exactement ce qu'elle avait l'intention de faire et elle savait à quel point son plan était absurde ; et elle savait aussi que, désormais, il n'y avait pas moyen de faire marche arrière. Mais elle était restée elle-même ; elle était incapable de transformer sa personnalité en un clin d'œil, c'est pourquoi elle se surprit à dire :

— Il m'est arrivé de retourner des pierres et ce que j'ai trouvé dessous valait mieux que vous.

— Qu'est-ce que vous voulez dire ?

— Devinez.

Santela s'avança vers elle, le visage dur, les paupières clignotantes. Shirley ne broncha pas, mais lui dit d'un ton calme :

— Dominez-vous, Joey. Je vous suis indispensable. Je représente tous vos atouts. Alors ne me prenez pas à rebrousse-poil.

Brusquement, il pivota vers Soames et questionna d'une voix suraiguë :

— Qu'est-ce que c'est que cette garce, Albert ? Si vous m'expliquiez un peu ? Si vous me disiez quel genre de garce vous m'avez amenée ? Pour qui prend-elle parti ?

— Pour nous, répondit Soames.

— Vous en êtes sûr ? Vous en êtes sûr ? Pauvre petit con.

Le visage de Soames s'empourpra.

— J'encaisse pas mal de choses de votre part, Joey, mais ne commencez pas à me parler sur ce ton, sinon...

Le sourire aux lèvres, Santela s'avança vers lui et lui prit la main entre les siennes :

— Pardonnez-moi, Albert. Je manque de sang-froid ; tâchez d'en avoir pour deux.

— Bon Dieu ! marmonna Soames, quelquefois vous me donnez la nausée.

— Pauvre Albert. Je lui fais des misères.

— Oh ! changez de disque, grommela Soames.

— Tout s'arrangera quand vous serez mariés, tous les deux, dit Shirley.

Santela fonça de nouveau vers elle, mais Soames le saisit par le bras.

— À quoi bon, Joey ? À quoi bon vous foutre en rogne ? Elle est comme ça. Elle a été comme ça depuis l'instant où je l'ai vue, cette gonzesse. Une bêcheuse. Vous pourriez la tuer, elle restera toujours une bêcheuse. Elle sait tout. Elle a réponse à tout. Alors, à quoi bon s'énerver ? Du moment qu'elle marche avec nous ? Croyez-moi, j'aimerais bien lui faire une fleur. J'aimerais la tabasser jusqu'à ce qu'elle soit le sosie de la femme tatouée. Mais ça n'est pas inscrit au programme, alors je me fous de ce qu'elle raconte. Tant qu'elle ne crachera pas sur les dollars, elle jouera franc jeu avec nous.

Santela avait repris son calme et c'est d'une voix douce qu'il dit à Shirley :

— On ne peut pas être plus gentleman que je l'ai été envers vous, n'est-ce pas, Shirley ?

— Vous êtes un gentleman, reconnut Shirley.

— Je vous demande simplement de vous conduire comme une dame. Janet Stillman en était une.

— Ah ?

— Pendant vingt-quatre heures.

— D'accord, Toto, pendant vingt-quatre heures.

— Et ne m'appelez pas Toto.

— Bien, fit Shirley en haussant les épaules.

— Elle est comme ça ! dit Soames. Qu'elle aille se faire voir !... Elle est comme ça ! Qu'est-ce que vous attendiez d'une sauterelle dégottée dans l'annuaire de l'école Morris ? Qu'elle se comporte comme la princesse Margaret ? Pour le moment, ce qui me semble beaucoup plus important, c'est de décider ce que nous allons faire.

— Ma décision est prise, Albert.

— Laquelle ? Laquelle, nom de Dieu ? Vous laissez tomber soixante-dix millions de dollars ! Vous racontez toute l'histoire au vieux ! Il veut voir sa fille, oui, et alors ?

— Alors, il va payer. Je lui ai promis que Janet viendrait. En fait, je lui ai promis de lui amener Janet et son mari à dîner, demain soir. Mais seulement, ai-je précisé, s'il était prêt à lui remettre les fonds qu'il voulait constituer en donation à son nom... la somme entière en liquide, soit deux cent cinquante mille dollars.

— Et il a donné dans le panneau ?

— Bien sûr. Est-ce que ça compte pour lui, le fric, à présent... comparé à la possibilité de revoir sa fille ? Il a confiance en moi. Lui ai-je donné une raison de se méfier ? Je ne lui demande pas d'argent. Je ne l'ai pas filouté. Tout ce que je lui ai dit, c'est que je pourrais lui amener sa fille. Pourquoi mettrait-il ma parole en doute ?

— Et l'oseille ?

— Dans le coffre-fort de la maison. Il a téléphoné hier à sa banque pour qu'on lui apporte les fonds.

— Deux cent cinquante mille malheureux dollars !

— Deux cent cinquante mille *malheureux* dollars ! Un acteur en chômage qui n'a jamais fait trois repas convenables par jour, et brusquement, le voilà qui trouve que deux cent cinquante mille dollars, c'est de la gnognotte !

— Fichez-moi la paix, avec vos trois repas par jour ! cria Soames.

— Pas si fort, je vous prie !

— Laissez-moi vous dire ceci : je viens d'une bonne famille. Mon père avait les moyens. Nous vivions comme des gens distingués. Qui vous croyez-vous, bon Dieu ! pour me parler sur ce ton !

— Toujours votre sale caractère, Albert, soupira Santela. Si vous réfléchissiez cinq minutes, vous comprendriez que deux cent cinquante mille dollars, libres de toutes taxes, ça fait un paquet... un sacré paquet ! Que croyez-vous qu'il reste d'un héritage quand le fisc en a pris sa part ? De plus, les bijoux qui appartenaient à Janet et à sa mère valent une fortune. Si nous jouons le jeu intelligemment, nous mettrons le grappin sur ces bijoux — ou sur la plupart d'entre eux — et si nous les vendons avec les précautions d'usage, ils nous rapporteront dans les trois à quatre cent mille dollars. Vous savez ce que ça représente, une somme pareille, au Brésil ?

— Qui diable aurait envie de s'installer dans un bled comme le Brésil ?

— Ah ! fit Santela en souriant, vous n'y connaissez rien. Vous n'avez jamais vu Rio, Albert, sinon vous ne parleriez pas comme ça. Et qui a dit que nous devions vivre au Brésil indéfiniment ? Nous n'y resterons que le temps nécessaire pour nous assurer que nous avons réglé jusqu'aux moindres détails, que le vieux est bien mort et que nous n'avons plus rien à craindre. Ensuite... nous pourrons aller n'importe où... Paris, la Grèce... le monde entier sera à notre disposition.

— En ce cas, dit Soames en désignant Shirley, à quoi nous servira-t-elle ?

— Un point pour Charles Alexander, murmura Shirley.

— Oh ! servez-vous de vos méninges, Albert. Ce que nous allons faire n'est pas un crime... du moins si nous ne commettons pas de gaffe. Il n'y a aucune raison pour que le vieux apprenne jamais qu'elle n'est pas sa fille. Il a tellement envie de croire qu'elle l'est qu'il est prêt à avaler n'importe quoi. Et, en ce cas, nous quittons cette maison les mains nettes, sans flics à nos trousses, sans tambour ni trompette, et sans que les fédéraux puissent nous empoisonner l'existence au Brésil.

— Et s'il ne donne pas dans le panneau ?

— Alors, ce sera tant pis, mais il est très malade et il n'en a pas pour longtemps à vivre, de toute façon.

— Vous êtes charmants, tous les deux, dit Shirley. Ça va être bien agréable, ce petit voyage à trois, au Brésil. Mais est-ce que je ne vais pas avoir besoin d'un passeport ou d'autres papiers ?

— J'ai celui de Janet Stillman. Il fera l'affaire.

— Vous pensez à tout, n'est-ce pas, Joey ? dit Shirley en souriant.

— J'essaie. J'ai également envisagé la possibilité que vous songiez à nous doubler. Mais si j'étais vous, j'y renoncerais. Vous jouez avec des adultes, Shirley, et cette affaire a une énorme importance pour moi. Voilà plus d'un an que je travaille à la mettre sur pied.

— J'ai toujours eu envie de connaître un maître criminel, dit Shirley d'une voix suave. Quelqu'un qui se sert de son cerveau et non de ses muscles.

— Si vous recommencez à le prendre sur ce ton... commença Soames, mais Santela l'interrompit :

— Laissez-la tranquille, Albert. Elle m'amuse.

— Pour sûr qu'elle vous amuse. Eh bien, regardez-la. Elle n'a rien d'humain, cette garce-là.

— Comme nous sommes aimables les uns envers les autres, dit Shirley en hochant la tête. Mais laissez-moi vous dire ceci, James Charles : personne ne m'a encore traitée de garce sans le regretter par la suite.

— Elle me flanque les jetons.

— C'est entendu, Albert, elle vous flanque les jetons. Si nous passions à autre chose ? Nous avons une longue nuit devant nous et il faut que j'apprenne à Shirley à jouer le rôle de Janet Stillman.

— Et Flint ?

— J'en ai plein le dos, de Flint, dit Santela. Qu'est-ce qu'il irait faire au Brésil ?

— Ici, il pourrait parler.

— Les gens comme Flint ne parlent pas. S'il ouvre sa gueule d'abruti, il se mettra la corde au cou.

— Vous savez ce que j'aimerais faire, dit Soames, avec sa vivacité de petit garçon. J'aimerais...

— Ne m'agacez pas, Albert. Je sais ce que vous aimeriez faire. Mais vous ne pouvez pas passer votre temps à assassiner les gens. Moi, je suis contre. Je ne veux pas avoir de sang sur la conscience. Ce sont les gangsters de basse classe qui assassinent ; les gens intelligents se servent de leurs méninges.

Quelques minutes plus tard, Flint vint annoncer que la voiture était en sécurité au garage.

— Qu'est-ce que je fais maintenant, patron ? questionna-t-il.

— Maintenant, c'est la pause. Il nous faudra encore une semaine pour apprendre à cette demoiselle comment se mettre dans la peau de Janet Stillman. (Il tira de sa poche une liasse de billets, dont il extirpa cinq coupures de vingt dollars.) Voilà cent dollars pour te permettre de tenir le coup pendant huit jours. Trouve-toi un petit hôtel tranquille dans le centre de la ville et téléphone-moi quand tu seras installé. Repose-toi. Fais des patiences. Amuse-toi. Je t'avertirai quand nous serons prêts à partir. La richesse ne te fait pas peur, hein, Flint ?

— Essayez pas de me rouler, patron, dit Flint en regardant Soames.

— Flint, mon cher ami !

— Ça va ! Ça va !

Il sortit de la pièce.

— Oh ! ce que je peux le vomir ! dit Soames.

— La haine est stérile, Albert.

— Et la bagnole ? Qu'est-ce qu'elle est devenue ?

— Vendue. Je l'ai vendue hier et laissée à l'aéroport où l'acheteur viendra la chercher demain soir. Maintenant, Shirley et moi avons du travail. Si vous alliez au cinéma, Albert ? Je peux vous conseiller un film anglais... à la fois drôle et délassant.

— Je préfère rester, si vous n'y voyez pas d'inconvénients.

Santela haussa les épaules.

— Restez, si vous le désirez. Je pensais simplement que vous alliez vous ennuyer. Mais peut-être pourrez-vous m'aider à châtier son langage ?

— En une seule nuit ?

— C'est tout ce que nous avons comme temps devant nous, Albert. (Il se tourna vers Shirley.) À présent, mon petit, êtes-vous disposée à travailler dur ?

Shirley, qui s'était laissée tomber sur une chaise, leva les yeux sur Santela.

— Il y a quelque chose qui ne va pas ? demanda-t-il.

— Mais non. Qu'est-ce qui pourrait ne pas

aller ? Jamais plus je ne me dirai que je n'ai plus rien à découvrir. Non. À vous deux, vous faites une paire de phénomènes qui se posent là... Oui, un peu là !

— Et comment dois-je prendre ça ?

— Du calme, Joey. Mettons-nous au travail, dit Shirley d'un ton brusque.

CHAPITRE IX

Les belles manières

— Non, non, non, dit Santela. Surtout pas ! Il ne faut jamais hausser le ton. Hausser le ton, ça ne s'est jamais fait dans Revington Street.

— Je suis née dans le Bronx, soupira Shirley. Je n'ai jamais approché de Revington Street. Enfin, ça m'est peut-être arrivé, mais tout récemment.

— Il ne faut jamais élever la voix !

— ... Pouvez crever ! dit Shirley.

— Ça ne vous avance à rien de me dire ça, fit observer Santela avec une patience inattendue. Ça ne vous avance à rien du tout, Shirley. Je m'esquinte à vous préparer à ce qui sera probablement une rude épreuve pour vous, demain. La moindre des choses que vous puissiez faire, c'est de coopérer.

— Ça ne marchera pas.

— Moi, je vous dis que si.

— Écoutez ! Prenons ma mère par exemple, Dieu ait son âme, et supposons que vous ayez trouvé une vieille sorcière qui soit sa jumelle. Vous

vous imaginez que je ne m'apercevrais pas qu'elle n'est pas ma mère ?

— Non, si la ressemblance était vraiment frappante.

— Vous êtes dingue, Joey.

— Je n'ai pas l'intention de me mettre en colère et je n'ai pas l'intention de discuter à l'infini. Recommençons. « Où allez-vous ? » et non pas « Où que vous allez ? ». C'est plus court et ça dénote une personne cultivée.

— Je ne suis pas cultivée, déclara fermement Shirley. De plus, je suis crevée et ça pue, ici.

— Albert, ouvrez une fenêtre ! cria Santela.

— Dites-lui donc d'en profiter pour se jeter dans le vide, suggéra Shirley.

— Je vous emmerde, dit Soames en se dirigeant vers la fenêtre.

— Charmant garçon ! Écoutez, Joey. Je voudrais aller me promener un peu. Voilà cinq heures que je suis calfeutrée dans cette chambre minable et, si ça continue, je vais étouffer. Si j'allais faire une petite balade ?

— Non !

— Et pourquoi ?

— J'ai dit non. Vous êtes ici et vous y resterez jusqu'à ce que nous allions chez Morton Stillman.

— Si je comprends bien, je suis votre prisonnière ?

— Si vous voulez.

— Joey, soyez raisonnable, dit Shirley d'un ton

câlin. Je suis venue ici de mon plein gré, n'est-ce pas ?

— Shirley, je ne suis pas tombé de la dernière pluie. Vous êtes venue ici parce que vous avez vu le revolver d'Albert et que vous êtes assez psychologue pour savoir qu'il était capable de s'en servir.

— Alors, quel rôle est-ce que je vais jouer ? demanda Shirley d'une voix indignée.

— Si vous nous faites la moindre entourloupette, on vous liquide sans hésiter.

— Allons donc !

— Je ne plaisante absolument pas, ma chère Shirley.

— Cessez de me raconter des boniments. Je vous ai promis d'aller jusqu'au bout. Mais vous n'assassinez pas les gens. Vous l'avez dit vous-même.

— Je n'assassine pas *les gens*, fit Santela en souriant. Mais je supprimerais bien une seule personne. Vous. Pourquoi pas ? Vous en savez trop.

— Vous déraillez.

— Admettons. Je ne sais pas à quel jeu vous jouez — vous essayez peut-être de gagner du temps, vous êtes peut-être prise au piège ou vous aimez peut-être l'argent. C'est pourquoi je crois que vous serez raisonnable, Shirley. Votre part du gâteau s'élèvera au moins à cent mille dollars. Vous êtes une fille ravissante, vous pourriez aller loin avec ça. Je vous le dis en toute objectivité. Vous ne m'attirez pas. Les femmes ne m'intéressent pas. À franchement parler, je ne les aime pas beaucoup. Alors n'imaginez pas que je ferais du sentiment.

— Je sais. Vous me faites du gringue à rebours — navrée, je n'ai pas compris.

— Vos astuces n'arrangent rien, Shirley.

— Bon sang ! Joey, vous n'allez pas me tuer, et vous le savez bien. Ça flanquerait toute votre combine par terre.

— Pas tout à fait. L'argent se trouve chez Stillman. Pour le prendre, il faudrait employer les grands moyens, mais je crois qu'Albert et moi y parviendrions sans trop de mal.

— Que feriez-vous de mon cadavre ? demanda Shirley d'une voix étranglée.

— C'est le moindre de mes problèmes, ma chère enfant. Je vous mettrais tout simplement dans un placard fermé à clé. Le loyer est payé ici jusqu'à la fin du mois. Je leur dirai que je m'absente pendant un certain temps et qu'ils n'ont pas besoin de faire le ménage. Quand on finira par ouvrir le placard, Albert et moi serons devenus des Brésiliens de vieille souche et vous, ma chère enfant, vous ne sentirez pas la rose !

Shirley frissonna et Santela inclina la tête d'un air approbateur.

— Je suis heureux de voir que vous avez certaines réactions humaines. Mais si nous laissions là ce sujet morbide et que nous nous remettions au travail. « Où allez-vous ? » sans élever la voix...

— Où allez-vous ? répéta Shirley sans élever la voix.

Sur une table de bridge, Soames avait servi, de mauvaise grâce, une sorte de dîner improvisé. Il était deux heures et demie du matin et, au fur et à mesure que la nuit s'écoulait, Soames devenait de plus en plus nerveux et agressif. Il avait par deux fois corrigé Santela sur des questions de prononciation et Santela avait rétorqué sèchement qu'il ferait mieux de s'occuper de ses affaires et que deux professeurs étaient pires qu'un seul.

— En tout cas, « ravi de vous voir », ça ne se dit plus, fit Soames d'un ton excédé. Même moi, je sais ça, Joey. Bon sang ! personne n'emploie plus cette formule-là depuis la Première Guerre mondiale.

— Vous savez ça, hein ? grogna Santela.

— Oui, je le sais. J'ai appris quelques petites choses quand j'étais acteur. Si vous lui faites dire des idioties de ce genre, elle va ressembler à cette gourde qui joue dans les films des Marx Brothers.

— Si vous me laissiez décider.

Shirley n'avait qu'une envie : dormir.

— Je ne peux plus garder les yeux ouverts, protesta-t-elle. J'ai eu une journée éreintante. Huit heures de travail chez les frères Bushwick, ça m'avait déjà suffi, et il y a encore eu ce cinglé de Seppi qui a voulu me couper en rondelles et puis le numéro de ballet sur le toit avec vos deux mignons...

Santela fit monter du café, pendant que Soames dressait la table avec ce qu'il avait pu trouver dans le petit office adjacent à la chambre.

— Non, non, non ! cria Santela en observant Soames du coin de l'œil, tandis que Shirley répétait « les chemises de l'archiduchesse sont sèches et archi-sèches... », je veux deux fourchettes, et puisque vous avez été élevé dans l'annexe de la résidence Vanderbilt, vous devriez savoir que la fourchette se met à gauche, le couteau à droite, la cuiller avec le couteau... toujours. Je veux deux fourchettes, une pour la salade et une pour la viande. Je veux une cuiller à soupe et deux petites cuillers.

— Si on allait se coucher ? dit Shirley. J'ai l'impression d'être la prisonnière de Zenda. Vous me bouclez ici. Si je fais une gaffe, vous me supprimez et vous me fourrez dans un placard, donc il faut que j'arrive à convaincre ce type que je suis sa fille... mais ce ne sont pas les chemises de l'archiduchesse qui me serviront à quelque chose, ça, je peux vous le dire. Mais enfin, je ne suis pas une poissonnière. Avant de m'acoquiner avec les deux minables que vous êtes, je prenais mon bain tous les soirs...

— Vous entendez ! cria Soames. Des minables ! Cette sacrée garce, tout ce qu'elle sait faire, c'est de nous insulter !

— Pouvez crever, rétorqua Shirley qui suivait sa petite idée. Je voulais dire par là que le Bronx n'est pas Londres. À quoi ça me sert de faire les cent pas en parlant des chemises de l'archiduchesse ? Quel que soit Morton Stillman, il ne doit pas être complètement idiot pour avoir mis de côté soixante-dix millions de dollars. Même s'il est comateux, il sera capable de voir que je ne suis pas sa fille.

Santela leva les mains et dit d'un ton conciliant :

— Shirley, ma chère enfant, je vous affirme que, moi qui ai connu sa fille pendant trois ans, je serais incapable de vous distinguer l'une de l'autre. Bien sûr, il sera troublé et intrigué. Nous nous y attendons. Tout ce que nous espérons, c'est qu'il sera suffisamment démonté pour ne pas appeler les flics. Et ce n'est pas une tâche au-dessus de nos forces... Autre chose. Janet avait une manie : elle se mordait la lèvre inférieure. Essayez de vous habituer à le faire, s'il vous plaît.

— Une cigarette, dit Shirley.

Il lui donna une cigarette et l'alluma.

— Mordez-vous la lèvre inférieure.

Shirley obéit.

— Très bien, dit Santela.

— Encore une chance qu'elle n'ait pas eu la manie de se ronger les ongles.

— À présent, roulez une mèche de cheveux entre vos doigts.

— S'il y a une chose qui me déplaît, dit Shirley, c'est l'habitude qu'ont certaines filles de tripoter leurs cheveux.

— On ne vous demande pas si ça vous plaît. Faites-le. La lèvre inférieure et la mèche de cheveux.

— Et après, je pourrai aller dormir ?

— Est-ce que je me plains d'avoir sommeil ? Et

Albert, est-ce qu'il se plaint ? Le jeu en vaut-il la chandelle, oui ou non ?

— Faut que je lave mes bas et mon linge de corps. Ce qu'Albert et vous, vous ne faites pas.

— Voilà que vous recommencez, soupira Santela. *Faut que* je lave mes bas. Je vous en prie, Shirley.

— Je vous ai dit que je n'étais pas une fille des Halles. Alors, j'ai l'habitude de porter des bas propres. Ça vous dérange ?

— Vous savez très bien ce que j'ai voulu dire ! rugit Santela.

— *Faut que*. Vous avez une dent contre les filles qui disent « faut que ». C'est pas cultivé. Mais, moi, j'ai pas d'culture.

— Salope ! dit Soames, qui s'affairait, penché sur la table de bridge.

— Quant à celui-ci, dit Shirley en pointant un doigt vers lui, il est en train de remplir une belle ardoise. Personne ne m'a jamais traitée de salope sans s'en repentir par la suite, James Charles. Ne l'oubliez pas.

— Albert, bouclez-la ! cria Santela. Bouclez-la !

— Bon, fit Shirley en inclinant la tête. J'ai compris. Demain, faudra pas que je dise « faut que ». Néanmoins, faudrait que je lave mes bas maintenant pour que demain ils soient aussi secs que les chemises de l'archiduchesse.

Santela vint se planter devant elle.

— Vous vous croyez indispensable, hein ? murmura-t-il, le visage dur, ses yeux sombres et intenses fixés sur elle.

— Eh bien... presque... peut-être.

Santela leva brusquement le bras et la gifla de toute sa force. Le coup claqua comme une détonation et Shirley chancela sous le choc.

— Ce n'est qu'un avant-goût, murmura-t-il. Rien qu'un échantillon de ce qui vous attend. N'oublie pas ça, petite salope. Nous ne permettrons pas à Albert d'employer ce mot-là, je me le réserve. Ne te figure pas que tu me donnes le change un seul instant. Je n'ai pas encore compris quel but tu visais, mais ça viendra. Ne me sous-estime pas, Shirley. Je crois que tu mijotes un petit coup en vache. Eh bien, sais-tu ce que j'ai sur moi ?

Haletante, le visage crispé de douleur, une main reposée sur la plaque livide que les doigts de Santela avaient laissée sur sa joue, s'efforçant de contrôler ses pensées, ses émotions, ses craintes, et d'empêcher sa voix de trembler, Shirley répondit :

— Comme je suis une dame, je préfère ne pas chercher à savoir.

— Voici ce que j'ai.

Santela fourra sa main dans sa poche et en tira un couteau de douze centimètres de long, à manche de nacre. Il pressa sur un bouton et une lame étroite jaillit.

— Ça coupe comme un rasoir, dit-il. Je ne porte pas de pistolet, comme Albert ici présent. Ça, c'est plus efficace, ma chère Shirley, et laissez-moi vous dire que, si vous commettez une seule bévue, demain, je tailladerai votre joli visage de telle sorte que votre propre mère ne voudrait plus vous regarder.

— Qu'est-ce que je dois faire, éclater en sanglots ?

Brusquement, Santela se détendit. Il referma le couteau d'un coup sec et le remit dans sa poche. Puis il sourit.

— À présent, allez d'ici à la table, dit Santela.

À moitié endormie et la joue encore endolorie par la gifle reçue, Shirley se dirigea vers la table de bridge.

— Relevez la tête.

Elle leva la tête.

— Non, non, stop ! Recommencez.

Shirley s'arrêta devant Santela, leurs yeux se rencontrèrent et elle se dit : « Qu'est-ce qu'il leur faudrait pour te tuer, Shirley ? Pas grand-chose, je le crains, alors fais gaffe. Tu es stupide, mais essaie quand même de t'en tirer. Jusqu'à présent, tu t'es trompée sur tout le monde — Burton, Soames, Santela. Tu as tout bousillé et tu risques de finir au fond d'un placard ; il suffit pour cela que l'abominable Santela se rende compte que personne ne fera croire à Stillman qu'il a sa fille devant lui. Tu le sais et même si ce Santela est complètement cinglé, il peut arriver à la même conclusion. Alors, obéis-leur. Essaie de ne pas penser à demain. Fais ce qu'ils te diront de faire. »

— Bien.

Shirley haussa les épaules et retraversa la pièce.

— Encore une fois, et ce coup-ci, je veux que vous vous asseyiez à la table.

Shirley se dirigea vers la table et tira la chaise vers elle pour s'y asseoir.

— Non ! Lâchez cette chaise ! N'y touchez pas !

— Alors, comment vais-je m'asseoir ? demanda Shirley. Il faut que je rampe sous la table et que je me tortille jusqu'à la chaise ?

Soudain, elle se mordit la lèvre tout en se disant : « Mais boucle-la, boucle-la. »

— C'est ça, mordez-vous la lèvre, fit Santela d'un air satisfait. Mordez-vous la lèvre tout le temps, Shirley. À présent, retournez là-bas et recommencez. Albert, quand elle arrivera près de la table, vous passerez derrière elle et vous tirerez la chaise en arrière. Vous, Shirley, vous contournez la chaise et au moment où vous vous asseyez, Albert la fait doucement glisser sous vous.

— Si vous y tenez, dit Shirley avec un soupir.

Elle exécuta la manœuvre comme prévu et Santela eut un hochement de tête approbateur.

— Encore une fois, dit-il.

— Ne vous inquiétez pas si je m'évanouis, murmura Shirley. Ne vous donnez pas le mal de me ramasser.

— Nous allons dîner dans quelques instants. Pour le moment, examinons le décor.

— Joey, dit Shirley d'une voix douce, je reconnais que je suis peut-être passée à côté des plaisirs de la vie. Je peux compter sur les doigts d'une seule main le nombre de fois où j'ai bu du champagne et je n'ai jamais été à un restaurant de luxe.

— On dit : je ne suis jamais allée *dans* un restaurant.

— Un but pour vous. Tout ce que j'essaie de vous faire comprendre, c'est que je peux tout de même manger un repas sans donner l'impression que je descends du singe. Je lis des livres de temps à autre. Je vais au cinéma. Je regarde la télé. J'ai même fait le tour de la Maison Blanche.

— Je n'en doute pas.

— Alors, laissez-moi aller me coucher, monsieur le criminel de génie. Excusez-moi, ajouta-t-elle vivement. Ne vous croyez pas obligé de me gifler, ça m'a échappé. Je veux dire... Qu'est-ce que je dois faire ?

— Vous pouvez vous efforcer de vous conduire comme une dame pendant quelques heures.

— D'accord. Mais cette Janet Stillman... après avoir passé deux ans en compagnie d'un individu comme James Charles Alexander ici présent, est-ce qu'elle aurait pu rester « une dame » ?

— Vous êtes indécrottable, hein ? rugit Soames. Je devrais la passer au savon noir, votre bon Dieu de langue de vipère !

« Je t'en supplie, boucle-la, boucle-la », se dit Shirley.

— Ça suffit, déclara Santela d'une voix lasse. Maintenant, reprenons, Shirley. Vous constaterez que l'une des cuillers est un peu plus grande que l'autre. Comment distinguez-vous une cuiller à dessert d'une cuiller à soupe ?

— Ben, en général, la première sert à la fin et l'autre au début.

Santela lui lança un regard venimeux.

— La question n'est pas là. Il arrive que la cuiller à soupe soit ronde. La cuiller à dessert ressemble à une cuiller à café, compris ? À moins qu'on n'utilise une fourchette pour le dessert. Maintenant, je vais vous donner un menu et nous allons nous exercer avec ce que nous avons sous la main...

— Le nom de votre mère ? aboya Soames.

— Elizabeth.

— De votre père ?

— Morton.

Sa tête s'inclinait, ses yeux n'étaient plus que des fentes douloureuses.

— Shirley !

Elle ferma les yeux. Santela la gifla du revers de la main.

— Charmant garçon, murmura-t-elle. Je n'ai jamais souhaité être un homme, mais si je pouvais en être un pendant cinq minutes, je m'offrirais une jolie séance avec vous.

— Je ne veux pas que vous portiez des traces de coups sur le visage, dit Santela. Pourquoi ne vous montrez-vous pas plus docile ?

— Vous êtes si bon pour moi, soupira Shirley.

— Vous aviez un oncle que vous aimiez beaucoup. Comment s'appelait-il ?

— Albert, comme le ravissant, là-bas. (Elle désignait Soames qui, étendu sur le divan, ronflait vigoureusement.) On dirait une scie électrique. Comment voulez-vous que je pense, au milieu de ce barouf ? Pourquoi ne le réveillez-vous pas ? Pourquoi a-t-il le droit de dormir ?

— Où avez-vous rencontré Charles ? demanda Santela.

— Charles ? Charles qui ?

— Lui ! s'écria Santela, furieux, en pointant le doigt vers Soames. Lui ! Vous êtes donc à moitié idiote ?

— Complètement.

— C'est votre mari, idiote ! explosa Santela, réveillant Soames. C'est votre mari ! Il s'appelle Charles Alexander ! Votre père vous a refusé la permission de l'épouser et vous vous êtes enfuie avec lui.

— Avec mon père ? questionna Shirley d'une voix dolente.

Soames s'approcha en bâillant et dit à Santela :

— Laissez-moi la travailler un peu, Joey. Ça ne se verra pas. Je veux simplement lui apprendre l'heure qu'il est. Laissez-moi un quart d'heure avec elle, et vous verrez comme elle deviendra docile.

— Ne dites pas de bêtises, fit Santela. (Il regarda sa montre et constata qu'il était trois heures et demie du matin.) Nous avons tous besoin de sommeil. Nous aurons une matinée chargée.

— Et cette espèce de gourde, alors ?

— On s'en contentera. On va jouer très serré et, d'une façon ou de l'autre, il faudra qu'elle fasse l'affaire. Shirley !

— Oui, maître, murmura-t-elle.

— Vous blagueriez à votre propre enterrement, hein ? Maintenant, écoutez-moi bien. Si vous êtes régulière avec nous, on sera réguliers avec vous. Dans le cas contraire, je vous jure que je découperai votre jolie petite figure en lanières.

— Charmante nature.

— Bouclez-la et écoutez-moi. Nous allons vous laisser dormir pour que vous soyez fraîche et dispose demain. Mais surtout pas de faux mouvement. Albert et moi surveillerons la porte de votre chambre à tour de rôle. Demain, nous irons dîner chez Stillman vers six heures et demie. J'ai pris rendez-vous de bonne heure. Je lui ai dit que vous teniez absolument à ce que personne d'autre ne soit là et, comme il a confiance en moi, il m'obéira. Ne vous inquiétez de rien. Ne vous approchez pas trop de lui. Gardez vos distances. Restez autant que possible dans l'ombre. Ne parlez pas. Moins vous en direz, mieux ça vaudra.

Shirley s'assoupissait de nouveau.

— Albert, allez dans la chambre et débranchez le téléphone.

Une fois seule dans la pièce, Shirley commença à se déshabiller. Puis elle s'endormit. Elle réussit à se réveiller et à ôter la plupart de ses vêtements. Elle ne se rappela jamais comment elle s'était glissée sous les couvertures et, dès que sa tête eut touché l'oreiller, elle sombra dans un profond sommeil...

CHAPITRE X

M. Bergan

Un jour où Shirley et Cynthia parlaient de M. Morrow, qui était sous-directeur de la maison Bushwick Frères, Cynthia fit observer qu'à son avis M. Morrow était un misogyne — ce qui signifiait, expliqua-t-elle, qu'il haïssait les femmes.

— Je me suis donné le mal d'apprendre ce mot-là par cœur, déclara Cynthia, parce que je trouve qu'il s'applique admirablement à une flopée de corniauds dont j'ai fait la connaissance.

Mais Shirley estimait que Cynthia se trompait du tout au tout.

— C'est exactement le contraire, dit-elle. Morrow est un vieux cochon.

— Lui ? Il n'a jamais fait d'avances à personne. Pas même à Lucy Koller qui donnerait n'importe quoi pour que n'importe qui lui en fasse.

— Ça ne prouve rien, dit Shirley. Supposons que tu aies un énorme bide, cinq tifs bien ratissés sur le crâne et un teint de navet. Ça ne te donnerait pas un terrible complexe d'infériorité ?

Cynthia reconnut que la chose était possible et,

le lendemain du jour où elle avait eu son inquiétante conversation avec le lieutenant Burton, elle épia M. Morrow tandis qu'il allait et venait, d'un air irrité, entre les rangées de machines à calculer et de machines à facturer, et, se rappelant les propos de Shirley, elle s'efforça de se convaincre que, sous sa peau bilieuse, M. Morrow dissimulait un appétit nostalgique pour le beau sexe.

Il interrompit le cours de ses méditations en lui demandant si elle n'avait rien d'autre à faire que de rêvasser.

— Je réfléchissais, expliqua Cynthia.

— Vous n'êtes pas payée pour réfléchir, Miss Kugelman. Vous êtes payée pour manœuvrer la machine qui est devant vous, et comme elle possède un clavier de touches complet, elle a évidemment pour but d'éliminer toutes les réflexions, sauf les plus élémentaires.

M. Morrow était fort satisfait de sa phrase et comme Cynthia conserva pour elle l'opinion qu'elle avait de lui, il n'en sut rien. À voix haute, Cynthia déclara qu'elle ne se sentait pas bien et elle ne put s'empêcher d'ajouter que la manœuvre de cette machine était considérée comme particulièrement difficile.

— Nous n'allons pas discuter des difficultés qu'elle présente, Miss Kugelman. Vous êtes l'amie intime de Miss Campbel, n'est-ce pas ?

— Oui, dit Cynthia d'un ton sec.

— Et je remarque qu'elle n'est pas ici, ce matin.

Avez-vous passé ensemble une soirée dont vos présents malaises seraient le résultat ?

— Je crois que la façon dont je passe mes soirées ne regarde que moi, déclara Cynthia avec dignité. Et je n'ai pas passé la soirée d'hier avec Miss Campbel. Mais je me fais beaucoup de soucis pour elle.

— Et qu'est-ce que mijote Miss Campbel, au juste ?

— Je ne sais pas de quoi vous parlez, monsieur Morrow. Ce que *mijote* Miss Campbel ne me concerne pas ; je pourrais même dire que cela ne concerne personne.

— La façon dont le bureau fonctionne me concerne, Miss Kugelman, et je n'apprécie pas l'impertinence.

— Et, moi, je n'aime pas qu'on me demande de moucharder mes camarades de travail, dit Cynthia, avec obstination.

— Moucharder ? Qui vous a demandé de moucharder ?

— Vous, monsieur, rétorqua Cynthia d'un ton indigné, et elle se tourna vers sa machine pour bien faire comprendre à M. Morrow qu'elle le considérait comme un objet de mépris.

Furieux, M. Morrow résolut d'interroger M. Bergan. Il alla droit au fait.

— Qu'est-ce que toute cette histoire au sujet de Miss Campbel ?

— Monsieur ?

— J'ai dit : au sujet de Miss Campbel.

— C'est une de nos meilleures employées, monsieur, je peux vous l'assurer.

— Elle n'est pas ici ce matin.

— Elle est sans doute souffrante, dit M. Bergan, compréhensif. Vous savez comment sont ces jeunes filles.

— J'ignore absolument comment sont ces jeunes filles, ainsi que vous le dites avec tant d'à-propos, monsieur Bergan. Ce que je sais, c'est que la police nous a interrogés sur Miss Campbel et sur ses antécédents.

— En effet, monsieur, reconnut Bergan. Mais la police nous a bien fait comprendre que son enquête n'entachait en rien la réputation de Miss Campbel. Il s'agit de tout autre chose.

— Vous connaissez le dicton, monsieur Bergan ?

— Non, monsieur.

— Eh bien, je vais vous l'apprendre : « Il n'y a pas de fumée sans feu. »

— Monsieur, je crois qu'en ce cas ce n'est pas le cas.

— Et qu'est-ce qui est le cas en ce cas ? Auriez-vous l'obligeance de m'en aviser ? Vous semblez beaucoup mieux informé des préoccupations de ces jeunes femmes que ne le demanderaient des rapports strictement professionnels.

— Je crois simplement que Miss Campbel est peut-être souffrante ce matin, monsieur. C'est tout.

— Et l'autre histoire ?

— Je ne sais rien à ce sujet, monsieur.

— Pouvez-vous me donner une raison pour laquelle je ne devrais pas prévenir Miss Campbel qu'elle ferait peut-être mieux d'aller travailler dans un autre bureau ?

Après avoir pesé le pour et le contre, M. Bergan protesta, plus vigoureusement qu'il ne l'avait fait jusqu'alors quand M. Morrow formulait des suggestions.

— Je ne permettrai pas qu'elle soit renvoyée pour avoir été absente une journée, dit-il.

— Vous ne le permettrez pas ?

— Non, monsieur. Je serais dans l'obligation d'en appeler à M. Bushwick.

— Je crois que nous allons tous les deux porter l'affaire devant M. Bushwick, rétorqua M. Morrow avec une sombre dignité. J'estime que vous êtes allé trop loin, monsieur Bergan.

Les gens qui ont un même sujet d'anxiété s'associent aisément et, quand M. Bergan proposa à Cynthia de déjeuner avec lui au restaurant Kaplan, elle accepta aussitôt.

Contemplant tristement et grignotant sans appétit son salami et ses œufs frits, M. Bergan raconta à Cynthia son entrevue avec M. Morrow.

— Ce que je pense de M. Morrow, dit Cynthia, pourrait se résumer en trois mots : il peut crever.

— Ces trois mots ne résolvent rien. Les emplois ne se trouvent pas si facilement et je ne veux pas que Shirley soit fichue à la porte. Croyez-le ou non, Cynthia, j'ai beaucoup d'affection pour elle. Je sais qu'elle me considère comme un coureur de jupons et c'est sans doute un défaut de mon caractère qui lui a donné cette impression. Mais, croyez-moi, mes intentions envers elle sont des plus sérieuses.

— J'en ai toujours été persuadée, déclara Cynthia. En fait, c'est ce que j'ai dit à Shirley.

— Je vous remercie, répondit M. Bergan avec gratitude. Puisqu'il en est ainsi, je pense que vous devriez me dire exactement dans quel genre de pétrin Shirley s'est fourrée.

— Qui vous dit qu'elle est dans le pétrin ?

— Suis-je aveugle ? demanda M. Bergan.

— Je ne peux pas vous répondre.

— Pourquoi ?

— Parce que j'ai juré de garder le silence.

— Mais c'est idiot ! Shirley a des ennuis terribles et vous ne voulez pas me laisser venir à son aide parce que vous avez juré de garder le silence !

— Comment êtes-vous sûr de pouvoir l'aider ? Je ne sais même pas où elle est. (Cynthia était au bord des larmes.) Quelle serait votre impression si tout le monde à New York en voulait à votre vie ? C'est tout ce que je vous demande.

— Comment ça ?

— C'est la vérité, monsieur Bergan.

— Écoutez, Cynthia, ne m'appelez pas « monsieur Bergan », alors que nous partageons une responsabilité comme celle-ci.

— Je ne sais même pas votre prénom.

— Michael. Appelez-moi Mike. C'est comme ça qu'on m'appelle... sauf à la maison Bushwick.

— Très bien, monsieur Bergan. Ce sera un honneur pour moi de vous appeler Mike.

— À présent, qu'est-ce que c'est que cette histoire ? Que tout le monde à New York veut tuer Shirley ?

— Presque tout le monde, dit Cynthia et, sentant qu'elle aurait une crise de nerfs si elle ne se confiait pas à quelqu'un, elle raconta à M. Bergan, de A jusqu'à Z, tous les événements dont cette matinée était la conséquence.

— Pauvre gosse, dit-il, pauvre gosse.

— Shirley est capable de se défendre, dit Cynthia. Mais il peut arriver qu'on se trouve dans une situation telle qu'on ne peut rien pour soi-même. Ce n'est pas votre avis ?

— Si, si. Avez-vous essayé de l'appeler au téléphone, hier soir ?

— Ça ne répondait pas.

— Et ce matin ?

— Je suis allée chez elle. Il y a un flic en bas, dans le hall, mais Shirley n'a pas été là de la nuit. Et ce gros abruti de pied-plat n'a rien voulu me dire.

— Avez-vous essayé de contacter de nouveau le lieutenant Burton ?

— Ça aussi, je l'ai fait. Et le flic qui répond au téléphone m'a demandé qui j'étais. Je le lui ai dit. Alors il m'a répondu que Burton était occupé et qu'il n'avait aucun commentaire à faire.

— Ça ne me surprend pas, dit M. Bergan d'un ton amer. Chaque fois que vous avez besoin d'un flic, vous pouvez vous époumoner au milieu de la

Cinquième Avenue et y crever... tous les agents de New York sont à Idlewild [1] à attendre le Président. Mais brûlez un feu rouge ou laissez tomber un morceau de papier, et toute la flicaille vous tombe dessus.

— J'ai retéléphoné chez elle, dit Cynthia. Toujours pas de réponse.

— Pauvre gosse !

— Et ce salopard de Morrow ?

— Il ne renverra pas Shirley, affirma M. Bergan. Il faudrait qu'il me passe sur le corps !

Tout en se dirigeant vers le bureau de M. Bushwick, où il avait été convoqué pour le début de l'après-midi, M. Bergan réfléchissait à la manière absurde dont le théâtre, le cinéma et la télévision construisent les tragédies. Pourquoi, au moment le plus grave de l'intrigue, nous montrent-ils toujours le héros aux côtés de l'héroïne ? Il ne surestimait pas son rôle de héros, néanmoins il se rendait compte qu'à l'instant où la possibilité de jouer ce rôle apparaissait vaguement à l'arrière-plan, et où Shirley avait peut-être désespérément besoin de lui, il n'avait pas la moindre idée d'où elle pouvait être. Il avait beau s'imaginer en train de se battre contre vents et marées pour la tirer du péril, la vérité indéniable était que lui se trouvait ici et qu'elle se trouvait ailleurs. Tout ce qu'il pouvait faire pour elle, c'était de tenir tête à M. Morrow

1. Aéroport de New York.

— qu'elle détestait — ce qui représentait un acte insignifiant comparé à l'horrible piège dans lequel elle se débattait.

On peut donc lui pardonner de s'être dit : « Ceux qui restent chez eux à attendre servent également à quelque chose. » Il passait par de cruels moments.

Lorsqu'il arriva dans le bureau de M. Bushwick, M. Morrow s'y trouvait déjà et avait apparemment exposé son cas. Le Bushwick en question était Gerald Bushwick, l'un des trois frères qui, par une éblouissante réussite, avaient fini par être considérés comme l'aile marchante de leur industrie. Pendant son séjour dans la maison, M. Bergan avait souvent eu l'occasion de rencontrer M. Bushwick, mais ces entretiens avaient été conduits avec réserve, et il n'y avait été question que de faits matériels. C'était la première fois que, lui, Bergan, était placé sur la sellette, qu'on le mettait au défi de prouver sa force. M. Morrow le regardait avec l'air supérieur et satisfait que donne le rang, et M. Gérald Bushwick lui demanda, sans tourner autour du pot, s'il voyait une raison pour laquelle M. Morrow ne devait pas renvoyer la nommée Shirley Campbel ?

— Je ne vois aucune raison pour qu'il la renvoie, rétorqua courageusement M. Bergan.

Consultant ses notes, M. Bushwick parla d'insubordination, d'insolence, d'absentéisme et, en général, de mauvaise influence sur le moral du bureau.

— À part le fait que Miss Campbel n'est pas

venue travailler aujourd'hui, déclara M. Bergan d'un ton ferme, tout cela est faux.

— Voilà une affirmation très grave, monsieur Bergan, étant donné que ces renseignements nous ont été fournis par M. Morrow.

— Je suis plus intimement mêlé à la marche du bureau que ne l'est M. Morrow, dit Bergan.

M. Morrow ricana :

— Plus intime avec les jeunes écervelées qui y travaillent, vous voulez dire !

M. Bergan se rendit compte à ce moment-là que M. Morrow avait fait un pas de clerc. Même le plus prudent et le plus rusé des hommes peut parfois aller trop loin. M. Bergan eut la sagesse de garder le silence, tandis que M. Bushwick disait d'un ton froid :

— Dois-je comprendre, monsieur Morrow, que telle est l'opinion que vous avez des employées recrutées par vos soins pour Bushwick Frères ? Des écervelées ? Est-ce ainsi que vous considérez une employée capable et digne de confiance ?

— C'était simplement une façon de parler, monsieur Bushwick.

— C'est justement ce à quoi je faisais allusion, déclara M. Bushwick d'une voix glaciale, ses lourdes bajoues frémissantes de colère. Votre façon de parler...

— Je ne voulais pas dire que ces employées sont stupides ou incapables. Je faisais allusion à leur conception de la vie.

— Et en quoi leur conception de la vie nous

regarde-t-elle, Morrow ? À moins qu'il ne s'agisse d'éléments subversifs ? Insinuez-vous que mon bureau est plein d'éléments subversifs ?

— Absolument pas, dit M. Morrow d'un ton plaintif.

— Alors, exprimez-vous clairement, Morrow. Employez un langage un peu plus précis.

Dès que M. Bushwick eut laissé tomber le « Monsieur » en s'adressant à Morrow, M. Bergan comprit que le vent avait tourné en sa faveur. Il était prêt à l'attaque lorsque M. Bushwick se tourna vers lui et demanda :

— Miss Campbel accomplit-elle son quota de travail ?

— Plus que son quota, monsieur.

— Est-elle capable ?

— Absolument, monsieur.

— Polie ? Respectueuse ?

— On ne saurait l'être davantage, déclara M. Bergan, en mentant courageusement, tandis que M. Morrow virait au cramoisi.

— Est-elle souvent absente ?

— C'est la première fois depuis des mois, monsieur.

— Alors, que signifie toute cette histoire, Morrow ? Que signifie-t-elle ?

— Pourquoi ne parlez-vous pas de la police ? s'écria Morrow en jouant son va-tout.

— La police ? Que vient faire la police là-dedans, Bergan ?

Ils étaient maintenant sur un pied d'égalité. M. Bergan respira un bon coup et déclara :

— Cette pauvre enfant, monsieur, cette employée de notre maison qui est encore une jeune fille innocente, a été sauvagement kidnappée. En ce moment, toute la police de la ville la recherche... si la pauvre gosse est encore vivante...

M. Bergan laissa la phrase en suspens. M. Bushwick posa un œil froid et dur sur M. Morrow et déclara :

— Le mot compassion vous est-il étranger, monsieur Morrow ? Notre firme est aujourd'hui une affaire importante mais elle ne l'a pas toujours été. Nous n'avons pas oublié le facteur humain. Vous me surprenez et vous me choquez, monsieur. Oui, monsieur.

M. Morrow, qui frisait l'apoplexie, demeura sans voix.

En passant devant le bureau de Cynthia, M. Bergan lui murmura :

— J'ai rivé son clou à ce salopard. Ne vous inquiétez pas pour Shirley. Sa place est sûre. C'est Morrow qui bat de l'aile et, s'il s'en va, devinez qui le remplacera et qui touchera deux cent cinquante mille dollars par an ?

— Il me semble que vous devriez vous occuper de Shirley plutôt que de chercher à faire sauter Morrow, répondit Cynthia.

— Mais je m'occupe des deux, mon chou. Écoutez, je vous attendrai dehors, à cinq heures, et nous verrons ce que nous pouvons faire.

Mais à cinq heures, un policier nommé Romano les guettait à la porte donnant sur la rue. Il intercepta d'abord Cynthia, puis Bergan.

— C'est vous, Michael Bergan ?

— Oui.

— Et vous êtes Cynthia Kugelman ? Eh bien, le lieutenant Burton désire vous parler, à tous les deux, tout de suite.

— C'est bien ça, dit Cynthia. Tous les gangsters de la ville essaient de tuer Shirley, et à qui la police veut-elle parler ? À vous et à moi !

— Nous essayons de retrouver votre amie, Miss Kugelman, expliqua le détective Romano. Nous n'avons pas l'intention de vous arrêter. Si vous ne voulez pas me suivre, je ne peux pas vous y contraindre. Mais nous espérons que vous coopérerez tous les deux avec nous.

Au même moment, dans le minable bureau du lieutenant Burton, M. Cohen, procureur adjoint, commentait le fait que, de tous les services municipaux, seule la police vivait et travaillait dans une atmosphère archaïque de vieux meubles, de murs fissurés et de machines à écrire remontant au déluge. Les garages de pompiers sont étincelants de propreté, les écoles bien tenues et les bureaux de l'administration souvent luxueux... mais tous les commissariats ressemblent à des musées.

— Si nous faisions payer un droit d'entrée aux gens, on pourrait augmenter nos salaires, dit Burton d'une voix aigre.

— Les méthodes policières modernes...

— Je me fous des méthodes policières modernes, dit Burton. Dans cette ville, il s'agit toujours de dénicher des aiguilles dans des meules de foin. Un flic n'est pas censé avoir des méninges, mais il est censé s'en servir. C'est ça le hic ; que les murs soient peints ou non, c'est le cadet de nos soucis.

— Comment savez-vous si la petite est encore à New York ? demanda Cohen.

— Je n'en sais rien.

— Ainsi nous avons passé une journée à montrer sa photo aux gens et ça n'a servi à rien. Pourquoi ne pas l'envoyer à la presse et me laisser rentrer chez moi pour dîner.

— Vous ne pensez qu'à manger.

— Je pense également à mon travail. Je n'ai rien fait aujourd'hui, mais j'ai été payé par les contribuables.

— Eh bien, rendez-leur cet argent, dit Burton d'un ton las.

— Allez-vous publier cette sacrée photo ?

— Je suppose que oui, soupira Burton.

— Pourquoi est-ce que ça vous déprime ? Vous vous occupez tous les jours d'affaires de ce genre, non ?

— Je me sens déprimé tous les jours, dit Burton.

— Bien. À présent, je vais vous dire le fond de ma pensée. Je crois que cette fille est cinglée. Je ne crois pas qu'elle se soit jamais trouvée dans cette voiture, qui a capoté. Je crois qu'elle a trop d'imagination.

— Et cette petite ordure de Seppi, elle l'a imaginée ?

— Simple coïncidence.

— Bien sûr. Tout est coïncidence, après coup. Est-ce une coïncidence si elle a disparu ?

— Alors, débrouillez-vous pour faire parler Seppi.

— Écoutez, Larry, quand un homme est à l'hôpital avec une omoplate cassée, on n'emploie pas la force...

C'est à ce moment-là que Romano téléphona d'en bas pour avertir Burton que Cynthia Kugelman et Michael Bergan attendaient son bon plaisir. Burton lui dit de les faire monter et, quelques minutes plus tard, ils étaient installés inconfortablement sur les chaises branlantes du bureau. Burton leur présenta Cohen, puis il leur expliqua qu'ils étaient là parce qu'il ne leur avait pas encore parlé ; tout ce qu'il désirait, c'était de causer avec eux ; il ignorait si cette conversation servirait à quelque chose, mais il espérait qu'ils coopéreraient avec lui.

— Où est Shirley ? demanda Cynthia d'une voix ferme.

— C'est ce que nous essayons de découvrir, Miss Kugelman. Nous ne savons pas où elle est.

— Nous non plus.

— Ça, nous le savons. Mais le fait est que vous êtes une très bonne amie à elle, et que M. Bergan, étant un de ses collègues, s'intéresse également à elle. Vous êtes son amie intime ?

— Nous sommes comme frère et sœur, répondit Cynthia. Enfin, c'est une façon de parler. Je ne veux pas que vous vous fassiez des idées fausses. Shirley et moi sommes deux filles normales, dans un monde où le sexe fort laisse beaucoup à désirer, pour ne pas dire plus.

Cohen réprima un sourire et Burton affirma qu'il comprenait. M. Bergan fit observer qu'il n'y avait pas de quoi rire. Shirley était peut-être en train de mourir, alors qu'ils restaient assis là. Cynthia le regarda avec un respect nouveau, Cohen s'excusa et offrit des cigarettes à la ronde.

— Je suppose que M. Bergan connaît tous les détails, dit Burton.

— J'ai jugé préférable de le mettre au courant, dit Cynthia. On n'aime pas porter ce genre de fardeau toute seule.

— Miss Kugelman, dit Burton, y a-t-il quoi que ce soit, dans la vie ou dans le passé de Miss Campbel, qui expliquerait pourquoi quelqu'un veut la tuer ?

— Absolument rien.

— A-t-elle jamais été mêlée... enfin, avait-elle des fréquentations douteuses ?

— Cette question est injurieuse !

— Nous ne voulons injurier personne, dit Cohen. Nous essayons de trouver un indice, un tuyau, une piste qui donnerait un sens à toute cette histoire. C'est tout ce que nous voulons.

Une heure plus tard, ils discutaient toujours en vain. Burton concentrait maintenant son attention sur Bergan : il voulait savoir exactement quels étaient les sentiments de ce dernier à l'égard de Shirley.

— Je suis amoureux d'elle, reconnut Bergan.

— C'est-à-dire ?

— Il me semble que certaines choses sont trop personnelles pour être exposées ici.

— Rien n'est trop personnel pour être exposé ici. Étiez-vous fiancé avec elle ? Étiez-vous intime à ce point ?

Burton avait l'impression que Shirley aurait pu trouver mieux, mais il s'avoua être trop émotionnellement mêlé à cette affaire pour porter des jugements objectifs.

— Non.

— En fait, dit Cynthia, c'était une de ces choses qui arrivent...

— Quelles choses ?

— Shirley ne lui rendait pas son affection, déclara fermement la jeune fille.

— Ce n'était pas réciproque, reconnut Bergan, autant l'admettre.

— Vous savez, tout cela ne nous mène à rien, dit Cohen à Burton.

— Je ne sais rien de rien, dit Burton, en sortant d'un tiroir une des photos que le gros truand avait montrées à Shirley, deux jours auparavant, et en la tendant à Cynthia. Est-ce Shirley ?

— Bien sûr que non, dit Cynthia.

— Que voulez-vous dire, « bien sûr que non » ? Vous jetez un coup d'œil sur cette photo et ça vous suffit ?

— Naturellement.

— Comment le savez-vous ? Ça lui ressemble, non ?

— Lieutenant, dit patiemment Cynthia, quand vous connaissez bien quelqu'un, la connaissance que vous avez de cette personne va au-delà des apparences, n'est-ce pas ? Shirley a une particularité : elle ne s'apitoie jamais sur elle-même. Elle disait toujours que si, une seule fois dans sa vie, elle s'était offert ce luxe, elle serait montée au sommet de l'Empire State Building et se serait jetée dans le vide. Vous ne pouvez absolument rien lui apprendre sur les malheurs de l'existence, parce que, dans ce domaine, c'est une spécialiste. Depuis sa naissance elle en a vu de toutes les couleurs et elle est parvenue malgré tout à devenir quelqu'un, croyez-moi. Mais la fille qui est sur cette photo... elle s'attendrit tellement sur elle-même qu'elle en est écrasée. Regardez-la donc. C'est une professionnelle de la délectation morose.

Cynthia remit la photo sur le bureau de Burton et Bergan s'approcha.

— Vous permettez ? demanda-t-il au lieutenant.

— Allez-y, dit celui-ci. Vous êtes amoureux. Est-ce là Shirley Campbel ?

Bergan regarda fixement la photo, il s'absorba dans cette contemplation.

— Eh bien ? dit Burton.

— Ce n'est pas Shirley, répondit M. Bergan sans relever les yeux.

— Alors que vous apprend cette photo ? (Et comme Bergan ne répondait pas :) Vous connaissez cette jeune fille ?

Cette fois, l'autre leva la tête.

— Comment ?

— Je vous demande si vous connaissez la fille qui est sur cette photo ?

— Non, dit M. Bergan d'une voix étrange. Non, je ne la connais pas. Elle ressemble à Shirley, mais ce n'est pas elle.

— Alors pourquoi la regardiez-vous de cette façon ? insista Burton.

— De quelle façon ?

— Écoutez, n'essayez pas de jouer au plus fin avec moi, mon garçon, dit le policier avec agacement. Vous n'avez pas simplement regardé cette photo. Vous avez reconnu quelque chose. Quoi ?

— Je ne sais pas.

— Comment ça, vous ne savez pas ?

— Non.

— Écoutez, Bergan, exprimez-vous clairement. Sinon je vous embêterai jusqu'à la gauche.

— C'est son expression. Comme l'a dit Cynthia, c'est le visage le plus triste que j'aie jamais vu et je me rappelle avoir déjà remarqué cette tristesse sur un visage féminin. Je veux dire qu'il s'agissait du même genre de visage, mais c'était celui d'une petite fille. Ça n'a aucun rapport avec cette photo.

J'ai vu cette gosse, tout simplement, et cette photo m'a fait songer à elle.

— Quelle gosse ? Où ? Quand ?

— Il y a dix ans, répondit Bergan d'un ton découragé. Mais ça ne vous apprendra rien. Il y a dix ans de cela et ça n'a aucun rapport avec cette photo, ni avec Shirley.

— Écoutez, lieutenant, interrompit Larry Cohen, vous faites absolument fausse route. Il ne s'agit ici que d'une coïncidence absurde qui ne signifie rien. Il a vu une gosse il y a dix ans ! Et alors ? Continuez en ce sens et vous verrez que ça ne vous mènera à rien.

— Une coïncidence ! glapit Burton. Que diable savez-vous en matière de coïncidences, Larry ? Soyez flic pendant vingt ans et vous commencerez à apprendre ce que c'est qu'une coïncidence. La vie en est une, le fait que vous soyez ici en est une. Avez-vous jamais réfléchi à ça ? Avez-vous jamais entendu parler de l'infini ? Eh bien, prenez une seconde au hasard dans l'infini et calculez les probabilités mathématiques qui s'opposent à ce que nous nous trouvions tous les quatre dans la même pièce au même moment. Pour vous, la coïncidence est un problème de statistiques ; pour moi c'est toute mon existence. Un flic vit de coïncidences et il s'accroche à la moindre chose. La semaine dernière, un de mes hommes est entré dans un bar de Greenwich Avenue au moment où deux hommes attaquaient ce bar. Il les a eus et ils l'ont eu. Il est mort à cause d'une coïncidence invraisemblable.

Alors, ne me donnez pas de leçons. Ce Bergan ici présent... (Il enfonça un doigt dans la poitrine de Bergan.)... ce Bergan s'intéresse à la petite Campbel. Pourquoi ? Elle le fait tourner en bourrique, elle le traite comme un chien. Est-ce vrai ? beugla-t-il à l'adresse de M. Bergan.

— Vous avez raison, admit ce dernier.

— Bien. Mais il a besoin d'elle. Elle déclenche quelque chose dans son cerveau. Je ne sais pas pourquoi et je m'en fous, mais j'ai vu le déclic se produire quand il a regardé la photo. Alors nous allons étudier la question jusqu'au bout, Bergan. Que faisiez-vous, il y a dix ans ?

— J'étais étudiant à Brooklyn College et j'avais de bonnes notes en français. J'ai toujours été doué pour les langues. Or, sur le tableau d'affichage placé dans le hall du bas, on collait des annonces pour des emplois à mi-temps. Il fallait que je travaille et je venais de perdre mon job. J'ai donc vu que l'*University Exchange* demandait un répétiteur de français.

— Qu'est-ce que c'est que ça, l'*University Exchange* ? demanda Burton.

— Ça voulait dire, si je me souviens bien, que l'annonce était affichée dans d'autres universités, Columbia, New York, etc., c'est pourquoi je n'ai pas obtenu le poste.

— Bon, continuez.

— Il s'agissait d'un poste dans un milieu très chic, et, moi, je n'avais rien de particulièrement élégant. Quoi qu'il en soit, c'est une fille qui a été choisie. Ils voulaient une jeune fille et, comme ils n'avaient pas eu assez de bon sens pour le spécifier, j'ai perdu deux heures pour aller jusqu'à Manhattan et en revenir. On ne m'a même pas interviewé. Une bonne femme m'a dit que le poste était pris. Mais j'ai entr'aperçu cette gamine — je suppose qu'elle avait environ douze ans à l'époque — avec ce visage d'une tristesse effrayante. Je ne sais ce qui m'est arrivé. C'était comme si j'avais eu le coup de foudre pour une enfant que j'aurais vue deux minutes... oh ! ça ne tient pas debout, je vous avais prévenu.

— Et la photo pourrait être celle de cette gosse... ? insista doucement Burton.

— Je ne sais pas. En la regardant, un souvenir a surgi dans ma mémoire et j'ai eu l'impression de revoir cette pauvre gosse à l'air si triste. Mais en y réfléchissant...

— Alors, allons-y.

— Où ça ? demanda Cohen.

— Dans la Soixante-dixième Rue.

— Vous savez combien il y a de maisons de ce genre dans la Soixante-dixième Rue ?

— Pas tellement. On les démolit à un rythme accéléré et nous allons jeter un coup d'œil sur celles qui restent.

— Je vous avais toujours pris pour un flic intelligent, dit Cohen en hochant la tête.

— Eh bien, vous vous trompiez. Un flic intelligent n'obéirait pas à une impulsion aussi idiote que celle-ci. Il resterait assis sur ses grosses fesses. Moi, je suis trop nerveux pour ça.

— Comment s'appelait-elle ?

— Je ne sais pas.

— Mais, bon Dieu, vous vous êtes présenté pour ce poste ! Où êtes-vous allé ? Quel était le nom de cette famille ?

— Je ne me souviens plus. Il y a dix ans de cela. Il n'y avait aucune raison pour que je me souvienne.

— Où êtes-vous allé ? Bon, bon, fit Burton en étendant la main. Nous allons procéder lentement sans nous énerver. Vous habitiez Brooklyn à l'époque ?

— Oui, monsieur.

— Vous avez pris le métro pour aller dans le centre ?

M. Bergan ferma les yeux et fronça les sourcils. Au bout d'un moment, il inclina la tête.

— Oui, j'ai pris le métro.

— Où ?

Nouveau silence. Puis :

— Dans Lexington Avenue.

— Et vous êtes descendu où ?

— Eh bien, je crois qu'il y avait une école au coin de la rue. Est-ce que ce pourrait être Hunter College ?

— La Soixante-huitième Rue. À présent, réfléchissez : qu'avez-vous fait ensuite ?

— J'ai pris la direction du nord, répondit lentement Bergan. Puis j'ai tourné à gauche... vers l'ouest.

— Un bloc de maisons... deux blocs ?

— J'ai pris la Soixante-dixième Rue, déclara Bergan, qui commençait à s'exciter. Je peux jurer que c'était la Soixante-dixième.

— Bon. C'était un immeuble divisé en appartements ?

— Non. Ça, je m'en souviens nettement, car je n'étais encore jamais entré dans ce genre de maison. C'était une sorte d'hôtel particulier, vous savez, avec une façade en pierre blanche...

— Bon. Entre Lexington et la Cinquième Avenue, nous avons trois blocs : de Lexington Avenue à Park Avenue, de Park Avenue à Madison Avenue, de Madison à la Cinquième. Vous rappelez-vous si vous avez marché longtemps ?

— J'ai traversé Park Avenue. Oui. Ça, je le sais. J'ai traversé Park Avenue parce que je me rappelle m'être arrêté sur un petit refuge entre les deux courants de la circulation. C'est curieux, le genre de choses dont on se souvient !

— Avez-vous traversé Madison Avenue ?

— Je ne sais plus.

— La Cinquième ? Vous êtes-vous rapproché de la Cinquième Avenue ? Avez-vous vu le Park ? Il fait l'angle avec le musée Frick. Vous avez dû aller au moins une fois voir la collection de tableaux.

M. Bergan secoua tristement la tête. Il n'avait jamais imaginé que cette lacune dans son éducation culturelle affecterait la vie de la femme qu'il aimait.

— Reconnaîtriez-vous la maison encore aujourd'hui ? insista Burton.

— Je crois que oui.

CHAPITRE XI

Morton Stillman

Santela envoya Soames chercher la Buick au garage.

— Nettoyez-la, dit-il à Soames et celui-ci lui demanda pourquoi diable il ferait ce boulot.

— Elle est vendue, non ? Alors, quoi ? Je vais jouer les employés de garage pour le nouvel acheteur ?

— Nous allons la prendre ce soir. Je ne supporte pas une voiture sale.

— Vous me prenez pour un larbin ?

— Vous savez bien que non, Albert, protesta Santela. Vous savez que j'ai beaucoup d'estime pour vous.

— Tu parles ! Al, allez chercher des sandwichs ! Al, allez me chercher le journal ! Al, astiquez la voiture !

— Vous êtes mon chauffeur, n'est-ce pas, Al ? C'est une place de confiance.

— Allez vous faire foutre, dit Soames, puis il sortit de la pièce pour aller s'occuper de la voiture.

Santela se retourna vers Shirley.

— Vous avez entendu ça ? Il est hypersensible, n'est-ce pas ?

— Vous êtes tous les deux très sensibles, reconnut Shirley. En fait, vous êtes de véritables hémophiles, lui et vous.

— Comment ça, hémophiles ?

— Simple façon de parler, dit Shirley.

— Vous savez, reprit songeusement Santela, vous me prenez à rebrousse-poil. Toujours à rebrousse-poil. Dès que je vous ai vue, vous avez commencé à me prendre à rebrousse-poil. Vous êtes une de ces petites morues qui croient tout savoir. Mais écoutez-moi bien : ce soir, si vous me doublez, je vous tue. Ça ne fera pas un pli. Mettez-vous bien ça dans la tête.

— Pourquoi est-ce que je vous doublerais ? s'enquit Shirley. Est-ce que j'ai l'air si honnête que ça ? Est-ce que j'ai l'air d'une enfant de Marie ? Mais d'après ce que j'ai cru comprendre, vous allez dans une maison avec un tas de domestiques et tout le tremblement. N'importe quoi peut clocher. Et si ça cloche... est-ce que vous me couperez la gorge ?

— Ce qui cloche *chez vous*, dit Santela, c'est votre façon de parler. Vous restez là avec l'air de vous foutre du tiers comme du quart sans vous en faire une miette. Qu'est-ce que vous êtes : une femme ou un robot ?

— Je vous ai simplement demandé si vous alliez me couper la gorge.

— Rien ne va clocher. Aujourd'hui, c'est jeudi, et les domestiques ont congé. Il n'y a personne que

Stillman dans la maison, sauf la cuisinière... et c'est le vieux tas de lard qui ne quitte pas sa cuisine. Nous aurons un souper froid. Vous savez ce que c'est ? Les plats sont servis sur un buffet, vous allez vous servir... Pourquoi me regardez-vous comme ça ?

— Je vous demande pardon, dit doucement Shirley. Expliquez-moi ce qui arrivera si le vieux ne tombe pas dans le panneau ?

— Ça sera tant pis pour lui.

— Vous avez l'intention de le tuer ?

— Oui.

— Pourquoi ? Pourquoi ne pas l'assommer simplement ? Ou le ligoter ?

— Parce que ce serait un témoin trop gênant, Shirley. Est-ce clair ?

— Très clair.

— Bon... je ne tiens pas à vous gifler de nouveau. À partir de maintenant, je veux que vous vous conduisiez comme une fille bien, Shirley.

— Il est trop tard pour me gifler, dit Shirley. Les marques n'auraient pas disparu. Et qu'est-ce qu'il penserait, votre bonhomme, s'il me voyait la figure tuméfiée ? Ça ferait mauvaise impression.

— Vous, alors, vous me la coupez, dit Santela.

— Vous parlez. Quand je débarque chez des amis, tout le monde crie : « Tiens, voilà Shirley ! On va s'en payer une tranche ! »

Ils étaient dans la Buick et se dirigeaient vers l'est lorsque Santela fit observer que Shirley avait gardé le silence depuis le départ de l'hôtel, et comme, de l'avis de Santela, c'était une garce à la langue trop bien pendue, ce silence l'étonnait un peu.

— Je réfléchissais, déclara Shirley.

— Eh bien, réfléchissez tout haut, lui ordonna Soames. (Il conduisait ; Shirley était assise sur la banquette arrière, avec Santela.)

— Oui, faites-nous part de vos réflexions, ajouta Santela. Quand vous vous taisez, ça nous rend nerveux.

— Je ne songeais à rien d'important, dit Shirley. Simplement à la manière dont j'ai été élevée, étant gosse...

— Dans le ruisseau, coupa Soames.

— Exactement, mon mignon, dans le ruisseau. Tout en bas de l'échelle. J'ai connu toutes sortes de gens. Personne ne peut me raconter de salades sur les beautés de la misère. Elle n'est pas belle, la misère, elle pue. Mais je n'ai jamais connu de tueurs. J'ai rencontré des petits voyous et des voleurs à la tire. Des types qui vous dépouillaient jusqu'à votre dernier sou. Mais jamais je n'ai connu personne capable de tuer de sang-froid un vieillard moribond.

— Ferme ça ! rugit Soames.

— Laissez-la parler, dit généreusement Santela. Ça m'aide à la comprendre, et c'est important. Mais si on le tue, le vieux, vous serez dans le coup, Shirley, n'est-ce pas ?

— Oui. Je serai dans le coup, reconnut Shirley.

— Et où est-ce que vous vous retrouvez ?

— Dans le même bain que vous, dit Shirley. Une eau pas ragoûtante, hein ?

Morton Stillman était un petit homme frêle, délicat, aux cheveux blancs et aux yeux bleu pâle, au fond d'orbites creusées par la souffrance. Il vint lui-même ouvrir la porte de la grande maison de la Soixante-dixième Rue. Santela s'écarta et le vieillard se trouva face à face avec Shirley dans l'ombre du vestibule ; il y eut un silence qui n'en finissait pas tandis qu'il la regardait. Enfin, il poussa la porte toute grande et dit doucement :

— Entrez, ma chère enfant.

Mais il ne fit pas un geste pour s'approcher d'elle, pour l'embrasser ou pour la prendre dans ses bras. Il se contenta de s'effacer pour la laisser passer, Soames derrière elle, et Santela derrière Soames.

— Voici Charles Alexander, votre beau-fils, monsieur Stillman, dit Santela.

Stillman inclina la tête, sans tendre la main. C'est à peine s'il jeta un coup d'œil sur Soames. Ses yeux restaient rivés sur Shirley.

— Comment allez-vous, monsieur ? demanda Soames.

— Vous avez attendu bien longtemps, dit Santela.

La voix de Stillman, sonore et bien timbrée, ne correspondait pas à son aspect physique. En raison même de cette sonorité, Shirley n'aurait pu dire s'il était ému ou non.

— Longtemps ? répondit-il à Santela en les conduisant dans un hall blanc richement décoré, au sol de marbre et aux vastes arcades, puis dans un salon. Non... non, deux ans, ce n'est pas long, Joseph. Pas pour moi, le temps est comme un film qui passerait à un rythme accéléré. Ce qu'il y a de plus pénible, quand on va mourir, Joseph, ce n'est pas de savoir qu'on va mourir, mais la façon dont cette certitude affecte votre conception du temps. Donc, ma fille n'est partie que depuis hier et aujourd'hui, vous me la ramenez. Eh bien, je dois vous en être reconnaissant.

Dans l'esprit de Shirley, la pitié était dominée par la méfiance et elle était trop consciente des dangers qui la menaçaient pour pleurer, ne fût-ce qu'intérieurement, sur le sort de Morton Stillman. En fait, elle n'éprouvait aucune compassion pour lui. Tout le monde doit mourir. Sa propre mère était morte, il y avait de cela très, très longtemps, et avant cela, son père, après les avoir abandonnées, avait connu lui-même une fin misérable. Shirley était capable de contrôler le feu de sa propre colère et elle n'en voulait pas tant à ces deux hommes — qu'elle méprisait plus qu'elle ne craignait — du mal qu'ils faisaient à Stillman que de celui qu'ils lui faisaient à elle.

Elle avait vu la maison de l'extérieur et l'élégance du hall, et elle regardait à présent ce bureau superbe et confortable, avec ses quatre magnifiques tableaux, dont toute une vie de travail chez les frères Bushwick n'aurait pas suffi à payer un seul, son admirable cheminée où se consumait la braise d'un feu de bois, les livres reliés en cuir, les meubles anciens avec leur somptueuse patine, le beau tapis étendu au sol. Elle n'aurait pas pu mettre un nom sur toutes ces choses, mais elle en sentait la valeur, et, brièvement et futilement, elle s'efforça de comprendre cette Janet Stillman que sa tristesse tragique avait éloignée de tout cela, pour la faire mourir dans un stupide accident d'auto, à des milliers de kilomètres de chez elle.

Elle se demanda ce que l'on ressentait à être riche au-delà de ce que l'imagination humaine peut rêver, puis d'être dévoré par le cancer, de regarder venir la mort et d'être en même temps la victime de deux escrocs minables et pathétiques.

— J'ai douté de vous au début, Joseph, disait Stillman à Santela. (Le vieillard s'était dirigé vers un bar encastré dans la bibliothèque.) Mais j'avais tort, n'est-ce pas ?

Soames se tenait gauchement dans un coin. La fortune l'impressionnait et il se recroquevillait en présence des riches ; il était un peu comme un fanatique religieux mis en présence de son dieu. Stillman ne lui avait prêté aucune attention, il l'avait simplement invité à s'asseoir en le gratifiant d'un bref coup d'œil. Soames avait pris place dans le grand fauteuil de cuir. Shirley était restée debout.

— Et pour vous, ma chère enfant ? demanda Stillman qui emplissait les verres.

Shirley remarqua que sa main tremblait un peu.

— Je crois que vous aviez tort de douter de moi, dit Santela en s'efforçant de donner à sa voix une note de franchise et de cordialité. Je vous avais promis de vous ramener votre fille et je l'ai fait.

Froidement, calmement, Shirley dit :

— Ne soyez pas stupide, Santela. Il sait que je ne suis pas sa fille. Il l'a su dès qu'il m'a vue.

Santela demeura un long moment sans voix. Au bar, Stillman observait la scène avec intérêt, considérant tour à tour Santela et Shirley, mais apparemment sans émotion. Finalement, Santela se mit à glapir :

— Et voilà comment elle est, monsieur Stillman ! Elle est malade. Vous le savez.

— Il sait que je ne suis pas sa fille, répéta Shirley.

Soames et Santela regardèrent fixement Stillman, qui esquissa un sourire et inclina la tête. Shirley se dit qu'elle n'avait jamais vu un sourire plus mélancolique.

— Joseph, dit-il, des gens comme vous, si malins soient-ils, ne savent rien des liens entre un père et son enfant, entre une mère et son enfant. Ça ne fait pas partie, malheureusement pour vous, de votre existence. Avez-vous cru que je ne reconnaîtrais pas ma propre fille ? (Il se tourna vers Shirley.) Qui êtes-vous, mon enfant ?

Santela ne broncha pas. Soames demeura assis dans le fauteuil. Du coin de l'œil, Shirley vit

Soames tâter son arme sous sa veste, mais elle continuait à observer Stillman.

— Personne, dit-elle amèrement. Je ne suis personne. Je ressemble à votre fille, si bien que ces crapules m'ont entraînée dans leur combine imbécile. Je m'appelle Shirley Campbel. C'est tout.

Personne ne bougea ; finalement, Stillman demanda d'une voix très douce :

— Êtes-vous leur complice, ma chère petite ? Vous pouvez parler librement. Et sans honte, car tout m'est égal. J'en suis arrivé au point où rien n'a plus d'importance pour moi. Revoir ma fille en aurait eu. Je l'aimais beaucoup, la pauvre enfant, et j'ai voulu me faire croire à moi-même qu'il y avait une chance pour qu'elle fût en vie. Une petite chance, mais une chance, peut-être. Oh ! je connais Joseph... néanmoins, j'ai cherché à me leurrer. À présent, je sais et tout m'est indifférent.

— Alors, qu'est-ce que ça peut vous faire que je sois ou non leur complice ? demanda Shirley.

— Parce que vous m'avez donné quelque chose que je chéris, dit Stillman en souriant.

— Quoi ?

— La vision fugitive d'un visage qui, pendant une fraction de seconde, a été celui de ma fille.

— Et vous m'êtes reconnaissant d'une chose aussi cruelle ?

— Ce n'est pas cruel, mon petit. Pour quelqu'un comme moi, un instant, si bref soit-il, qui me rappelle le meilleur de mes souvenirs ne saurait être cruel.

— Je ne comprends pas, dit Shirley. Mais je ne vous comprends pas non plus, monsieur Stillman. Peut-être que, si j'avais le temps d'y réfléchir, je comprendrais tout ça : un homme aussi riche que vous qui vit dans une maison comme celle-ci... et une jeune fille qui a préféré s'enfuir d'ici... et vous qui vous laissez rouler par un Joey Santela...

— Bon, ça suffit ! interrompit Santela.

Soames tenait toujours la crosse de son arme sous son veston.

— Non ! s'écria Shirley. Laissez-moi parler, Santela. Après, ce sera votre tour. Pour le moment, c'est à moi. Ce vieillard m'a posé une question, et je vais y répondre.

Santela fit un pas vers elle, mais la voix de Stillman, quoique très douce, l'arrêta.

— Laissez-la parler, Joseph. Je crois que vous me devez bien ça. Je peux être patient. Pourquoi ne le seriez-vous pas ? (Il étendit la main derrière le bar et en tira une épaisse liasse de billets.) Voici l'argent que vous m'avez demandé. Il n'y a personne dans la maison, sauf la cuisinière. Vous avez la combinaison du coffre-fort et les bijoux de ma femme et de ma fille sont ici, toujours au même endroit. Nous avons donc tout le temps, Joseph, et je veux entendre ce qu'elle a à dire.

Santela s'arrêta. Il demeura rigide, tremblant légèrement, mais il attendit.

— Alors, vous saviez à quoi vous en tenir depuis le début ? dit Shirley.

— Je savais et je ne savais pas. Mais le fait est, Miss Campbel, que ça m'était égal.

— Mais, à moi, ça ne m'est pas égal, répondit Shirley. Je crois que c'est la différence entre nous, monsieur Stillman. Je suis désolée de vous dire une chose aussi déplaisante, mais, même si j'étais à l'article de la mort, tout ne me serait pas égal. Je n'ai pas grand-chose, mais, quand j'avais douze ans, peut-être même moins, je me suis dit : « Eh bien, Shirley, qu'est-ce que tu vas faire ? Réagir ou te laisser crever ? À toi de choisir. » Et j'ai choisi. Je n'ai jamais parlé de ça à personne et, à présent, il faut que j'en parle devant ces deux ordures. Vous savez pourquoi j'ai horreur qu'on me bouscule, monsieur Stillman ? Parce que je ne dispose que de moi-même au monde et de ma propre fierté, et, si je permets à quelqu'un de me manœuvrer, il ne me reste plus rien. Absolument rien. Alors quand j'ai laissé cette infecte petite tantouse, assise là dans ce fauteuil — son vrai nom est Soames et il déteste tellement les femmes qu'il voudrait les tuer toutes — quand je l'ai laissé entrer chez moi, j'ai été prise au piège. Je n'ai jamais cru que je resterais coincée. Jusqu'à environ une heure, j'ai cru que je trouverais une issue. Je voulais vivre. Je veux encore vivre — et c'est sur ce point que nous différons, vous et moi. Mais je ne veux pas vivre selon leurs conditions... les siennes ! (Elle indiquait Santela)... ou les siennes ! (Elle désignait Soames.) Néanmoins, je pense encore que je m'en tirerai. Ils sont venus ici pour vous voler et vous assassiner.

Mais savez-vous ce que je crois ? Je crois qu'ils n'ont pas le cran d'assassiner qui que ce soit !

— Vous vous trompez, Shirley, dit Santela d'une voix rauque. (Il tira de sa poche son couteau à poignée de nacre et en fit jaillir la lame.) Vous vous trompez, Shirley, répéta-t-il. Espèce de petite garce, vous vous trompez !

Shirley jeta un coup d'œil sur Soames. Il n'avait pas bougé. Sa main était toujours enfouie sous son veston, mais il se recroquevillait de plus en plus dans les profondeurs du grand fauteuil de cuir.

— Rangez ce couteau, Joey, dit-elle.

Elle avait peur — elle n'avait encore jamais eu aussi peur depuis le début de toute cette affaire. Elle avait joué son malheureux atout et elle avait échoué. Santela avança vers elle et elle recula.

— Joseph ! dit Stillman.

Santela continua à avancer.

— Joseph ! (Cette fois, la voix de Stillman avait perdu sa douceur. Elle aboya le nom comme un ordre et Santela s'immobilisa en jetant un coup d'œil au vieillard. Celui-ci tenait un revolver à la main.) Lâchez ce couteau, Joseph !

— Albert ! cria Santela. Albert... Tirez sur ce salaud ! Tirez dessus ! Tirez dessus !

Soames se tortilla dans le fauteuil. Sa main émergea du veston, mais elle était vide.

— Albert, tirez dessus ?

— Lâchez ce couteau, Joseph, dit Stillman, dont la voix avait repris sa douceur. Vous saviez que je gardais un revolver ici. Comment avez-vous pu l'oublier ? Vous savez que je peux m'en servir. Je ne veux pas que vous touchiez à cette jeune fille. Je n'avais pas l'intention de permettre ça. Que vous me voliez l'argent, ça m'est égal... tout m'est à peu près égal... l'argent, les bijoux. Mais ça ne vous suffit pas, n'est-ce pas, Joseph ?

— Albert, supplia Santela.

— Albert est lessivé, dit Shirley après avoir respiré un bon coup. Autant regarder les choses en face, Joey. Ce petit mignon n'a jamais été très brillant pour commencer et maintenant il est complètement lessivé ! Alors pourquoi ne lâchez-vous pas ce couteau ? J'ai horreur des couteaux. Ils me donnent mal à l'estomac.

— Elle a raison. Lâchez ce couteau, Joseph. Sinon, je vais vous abattre illico et ne croyez pas que j'hésiterais à le faire. Je n'accorde pas plus d'importance à ça qu'au reste.

Santela se tourna vers Stillman et laissa tomber le couteau.

— Sale petit fumier ! cria-t-il à Soames. Lopette ! J'aurai ta peau ! J'aurai ta peau ! Nom de Dieu ! même si je dois attendre toute ma vie, je finirai par t'avoir !

— Shirley, dit Stillman d'une voix lasse, prenez le téléphone et appelez la police.

Ce qu'elle fit.

CHAPITRE XII

Le souper froid

Avec le détective Romano au volant, le lieutenant Burton à ses côtés, le procureur adjoint Larry Cohen sur la banquette arrière auprès du sous-directeur Michael Bergan, la voiture de police s'engagea sur les chapeaux de roues dans la Soixante-dixième Rue et entama le bref parcours entre la Cinquième Avenue et Madison. Le hurlement de la sirène ordonnait aux véhicules de laisser passer en priorité une voiture en mission pour la ville de New York, mais l'opération prit fin brusquement car Romano serra les freins avec une telle violence que la voiture faillit se cabrer sur le capot. Le lieutenant Burton qui, dans le choc, s'était cogné le menton, poussa un juron et demanda ce que ces trois cars de police pouvaient bien foutre là, à bloquer la rue.

— Il se passe quelque chose, fit observer Romano en descendant de voiture, ce qui fit dire au lieutenant qui descendait de l'autre côté :

— Cette remarque vous vaudra une ficelle de

plus. Comme policier, vous êtes un as. À présent, allez voir ce qui se passe.

— Je peux vous dire de quelle maison il s'agit, déclara Larry Cohen au lieutenant. C'est celle de Morton Stillman. L'un des rares musées de ce genre qui subsistent encore en ville, un énorme hôtel particulier habité par un seul homme. Quand il disparaîtra, elle disparaîtra avec lui.

— Ça me rappelle la maison, dit M. Bergan.

— Comment ça ? grommela Burton en se frottant le menton. Je reflanquerai cet abruti de Romano en uniforme, oui, ça, je le jure ! Est-ce la maison, oui ou non ?

Quelle qu'aurait pu être la réponse de M. Bergan, elle fut jugulée par l'apparition de deux paires d'agents en uniforme qui sortaient de la maison, chaque paire encadrant un homme visiblement en pleine déconfiture. Burton arrêta le défilé, montra sa carte, présenta Cohen et demanda des détails.

— Une belle prise, lieutenant, dit un des agents. Il s'agit d'une tentative d'assassinat et de vol qualifié. Ça intéressera également le service des fraudes. Il y a aussi un kidnapping. En fait, on peut presque tout leur reprocher.

— Laissez-moi les voir, dit Burton.

— C'est la maison de Morton Stillman, lui annonça le policier. M. Stillman est...

— Je sais qui est M. Stillman, interrompit Burton d'un ton sec. Qui sont ces deux zèbres ?

— Celui-ci... (Un des policiers souleva la tête de Santela, dont le visage capta la lumière du soleil qui commençait à décliner derrière les arbres de Central Park.)... Celui-ci était le secrétaire particulier de M. Stillman. Il s'appelle Joseph Santela. Il a commis à peu près tous les crimes possibles et imaginables. L'autre, le minable, on ne le connaît pas. Il portait un pétard dans un étui baudrier, comme dans les feuilletons de T.V. Son copain avait un couteau à cran d'arrêt, de sorte qu'ils sont tous deux coupables de port d'armes sans permis. Celui-ci se nomme Albert Soames.

Soames pleurait silencieusement.

— Pourquoi pleure-t-il ? demanda Burton. Vous l'avez malmené ?

— Je n'ai porté la main sur aucun d'eux, lieutenant, je vous l'affirme. Il a la larme facile, voilà tout. Il pleurait déjà quand nous sommes entrés.

— Vous avez parlé de kidnapping ?

— Oui, lieutenant.

— Oui ? Qui avaient-ils kidnappé ?

— Une gosse de la ville. Elle ressemble comme deux gouttes d'eau à la fille de M. Stillman qui est morte. C'est là-dessus que joue leur coup d'arnaque.

— Elle ne s'appellerait pas Shirley Campbel, par hasard ?

L'officier consulta son calepin et dit d'un ton admiratif :

— Vous avez mis dans le mille, lieutenant.

Le policier posté devant la maison demandait aux gens de circuler.

— C'est fini, m'sieurs-dames, dit-il. Il n'y a rien à voir. Alors circulez, dégagez le trottoir.

Deux des voitures de police avaient emmené Santela et Soames. Romano demanda à Burton ce qu'il devait faire de la leur.

— Laissez-la au milieu de la rue, répondit aigrement Burton. Vous ne voulez pas que la circulation se rétablisse normalement, n'est-ce pas ?

— Mais si, lieutenant. Je voulais seulement savoir si je devais attendre ou non.

— Attendez-moi.

— Ça va. Ça va, dit Romano en se demandant pourquoi Burton était d'une humeur aussi massacrante.

— Je voudrais voir M. Stillman, dit Burton à l'agent de planton devant la porte.

— Certainement, lieutenant. Il a dit que si la police voulait lui parler, je n'avais qu'à la faire entrer. Suivez-moi, je vous prie.

L'agent pénétra dans la maison. Burton le suivit, Cohen suivit Burton et M. Bergan leur emboîta le pas d'un air morne. Personne ne l'avait félicité d'avoir retrouvé la maison où il était allé une fois, dix ans plus tôt, personne ne semblait se rappeler qu'il avait cherché cette maison. Pendant trente ans, sa vie n'avait pas connu un seul instant de vraie gloire, d'héroïsme, de ce comportement altruiste et courageux qui permet à n'importe quel homme — du moins M. Bergan le pensait-il — de ne plus douter de lui-même et de se reposer sur ses lauriers. Le moment était finalement venu, mais il s'était volatilisé encore plus vite. M. Bergan n'avait rien fait, n'avait servi à rien, n'avait rien obtenu.

Comme il traversait le hall somptueux, le passé lui revint en mémoire ; en somme l'histoire se répétait. Il avait échoué à l'époque comme il échouait à présent. Il se dit qu'il pourrait passer devant Cohen, taper sur l'épaule du lieutenant et lui rappeler qu'il s'agissait bien de la même maison. Il repoussa cette idée.

« Il le sait bien, que c'est la même maison », se dit M. Bergan.

Il avait également compris que Burton n'était pas d'humeur à se laisser rafraîchir la mémoire, et il se contenta donc de le suivre le long d'un vaste couloir menant à l'arrière de la maison. Là, l'agent de police ouvrit deux doubles portes et M. Bergan aperçut une vaste et magnifique salle à manger avec des chandeliers de cristal et une table ornée d'argenterie étincelante. Dans un coin de la pièce se trouvait un grand buffet surchargé de plats froids. À un bout de la table, Shirley Campbel dînait en compagnie d'un vieux monsieur à cheveux blancs. En les voyant entrer, le vieux monsieur se leva et leur jeta un regard interrogateur.

Burton expliqua qui il était, présenta les autres et Larry Cohen, en serrant la main de Shirley, déclara qu'il était heureux de la savoir bien vivante.

— Moi aussi, dit Shirley, je suis heureuse de savoir que je suis bien vivante. La seule chose que je ne sais pas, c'est ce que M. Bergan vient faire ici.

Il y avait dans sa voix une note d'aspérité qui rassura Bergan. Elle le convainquit qu'il s'agissait bien de l'ancienne Shirley et que, quoi qu'elle ait pu endurer, elle n'avait pas subi de changement fondamental.

— Eh bien... ça s'est trouvé ainsi.

— M. Bergan est modeste, dit le lieutenant Burton. C'est lui qui nous a conduits jusqu'ici. Nous sommes arrivés trop tard, mais le fait est qu'il nous a conduits jusqu'ici.

— Vraiment ? s'exclama Shirley.

— Oui.

— Mais comment ? Je veux dire, comment a-t-il pu ?

— Je vous expliquerai plus tard, Shirley, marmonna Michael Bergan. Maintenant, si vous n'avez plus besoin de moi...

— Je vous en prie, interrompit M. Stillman, je vous en prie, messieurs. J'ai oublié les lois de l'hospitalité et mes bonnes manières. Cela est dû au fait que je vis seul depuis trop longtemps. Avez-vous dîné... ou suis-je assez impardonnable pour vous laisser affamés ?

Il n'y eut pas de protestations. Le lieutenant Burton ne pouvait détacher les yeux du buffet froid et Larry Cohen s'était passé de dîner une fois de plus. Seul M. Bergan ne se sentait aucun appétit.

— Alors, faites-nous le plaisir de vous joindre à nous. Il y a largement de quoi manger, le vin est bon et il est rare que j'aie des invités, ces temps-ci. Je pense que vous aimeriez savoir ce qui s'est passé ici ce soir, et y a-t-il une meilleure façon de parler de tout cela qu'en dégustant un bon repas ? Soyez donc tous mes hôtes, je vous prie.

Ils remplissaient déjà leurs assiettes quand Stillman dit à Cohen :

— Je suis d'autant plus heureux de vous recevoir ici, monsieur Cohen, que votre père et moi étions bons amis. En fait, je crois que vous avez rencontré ma fille ici, un an ou deux avant sa mort.

— Vous l'avez rencontrée ? dit Burton à Cohen.

Le procureur adjoint secoua la tête d'un air navré et Burton déclara :

— On n'a pas besoin de méninges pour être flic... c'est inutile. Ça ne sert que dans le bureau du procureur.

Une heure et demie plus tard, Burton et Cohen rentrèrent chez eux et M. Stillman resta en compagnie de Shirley et de M. Bergan.

Avant de partir, le lieutenant Burton avait pris Shirley à part.

— Nous serons peut-être obligés de vous revoir, Shirley, et vous aurez éventuellement à témoigner devant le tribunal... mais ne vous inquiétez pas de ça. Je ne veux pas que vous vous fassiez du souci pour quoi que ce soit et cette affaire est close.

— Je ne croyais vraiment pas qu'il m'arriverait de trouver un flic sympa. Eh bien, je me trompais.

— J'en suis heureux, dit Burton. Vous savez, quand un homme a une brioche comme la mienne et une fille de votre âge — et j'en ai une — ça lui donne certains privilèges. C'est pourquoi je peux vous dire qu'aucune autre femme ne m'a fait autant regretter de ne pas avoir vingt ans de moins.

Shirley se dressa sur la pointe des pieds et l'embrassa.

— Je suis un flic à la manque, marmonna-t-il. J'aurais dû arriver ici bien avant le lever du rideau.

— Vous êtes un flic épatant, dit Shirley avec un sourire.

Burton s'en fut, et, après son départ et celui de Cohen, Stillman pria Shirley et Bergan de rester encore un peu avec lui.

— Je suis un homme solitaire, dit-il, et, ce soir, j'ai eu peur. J'ai gardé mon sang-froid, mais Dieu que j'ai eu peur.

— Pour vous-même ? demanda Shirley.

— Non, dit-il. Non, mon enfant ; j'ai eu peur pour vous. Vous comprenez, vous m'avez dit que ma fille était morte. Eh bien, il y avait longtemps que je m'étais fait à cette idée. C'était la seule explication de son silence. Mais quand vous êtes entrée chez moi... eh bien, j'ai su que vous n'étiez pas Janet. Je l'ai su dès que je vous ai vue, et pourtant, vous étiez, d'une certaine façon, ma fille. Chaque fois que je vous regarde, je la vois — non pas telle qu'elle était, mais telle qu'elle aurait dû être. Oui, Shirley, telle qu'elle aurait dû être, et non pas rongée par la tristesse et l'ennui de vivre. Je l'aimais tant, et cependant si vous aviez pu la voir... même quand elle était enfant, cette tristesse l'avait envahie comme une maladie. Si vous l'aviez connue alors, vous vous seriez souvenu de cette tristesse. Vous n'auriez jamais pu l'oublier.

— Je m'en suis souvenu, dit Bergan.

Les deux autres le regardèrent avec curiosité.

— Je m'en suis souvenu, car je suis venu ici il y a dix ans et je n'ai jamais oublié votre fille... et je crois que je ne l'oublierai jamais. Je crois n'avoir jamais, de toute mon existence, vu un visage plus beau que le sien.

— Mais de quoi parlez-vous, monsieur Bergan ? demanda Shirley.

Alors il leur raconta comment il avait pu conduire Burton et Cohen jusqu'à la maison. Shirley l'observa tandis qu'il parlait à phrases hachées et maladroites et elle songea qu'elle ne l'avait vraiment jamais regardé auparavant, ni même écouté, du reste. Il était fort beau garçon et plutôt gentil quand il oubliait son poste de directeur adjoint chez les frères Bushwick.

Quand ils se levèrent finalement pour partir, M. Stillman les accompagna jusqu'à la porte, puis il dit à Shirley :

— Mon enfant, je sais combien une jeune femme est occupée, surtout lorsqu'elle travaille pour vivre. Mais ce que je vais vous demander ne durera pas très longtemps. Je vous rappellerai même sans vergogne que mes jours sont comptés. Voulez-vous venir me voir de temps à autre... dîner avec moi, passer une heure en ma compagnie ? Je n'en demande pas plus.

— Je viendrai, dit Shirley. Non pas parce que

vous me faites pitié, mais parce que je vous aime bien.

— Merci, mon enfant, dit le vieillard. Merci pour tout.

Comme ils se dirigeaient vers la Cinquième Avenue, Shirley sortit un mouchoir de sa poche et s'essuya les yeux.

— Vous pleurez, Shirley ? questionna M. Bergan.

— Non, je ne pleure pas, rétorqua Shirley d'un ton sec. Pas le moins du monde. En fait, je puis vous informer que je ne me suis pas permis de verser ce qu'on appelle communément « des larmes féminines » depuis ma douzième ou ma dixième année.

— Bien, dit M. Bergan. (Il ajouta au bout d'un moment :) Mon prénom est Michael. On m'appelle Mike.

Shirley ne répondit pas et quelques instants plus tard, comme ils atteignaient la Cinquième Avenue, M. Bergan reprit :

— Bon. Je suis capable de regarder la vérité en face. J'ai raté le coche. Toute ma vie, j'ai raté le coche.

— C'est idiot ce que vous dites là.

— Peut-être. Bon sang ! j'aurais tellement voulu être un héros, ce soir. Devant vous. J'aurais donné n'importe quoi pour être un héros.

— Mike, dit Shirley en souriant, vous en avez peut-être été un.

M. Bergan ramena Shirley chez elle en taxi. Elle lui dit que, puisqu'il était si tard, et qu'elle était assez exténuée pour dormir debout, il devrait garder le taxi et se faire conduire chez lui. Mais au moment où elle descendait de voiture, rue Minetta, elle se pencha vers lui et l'embrassa. Décidément c'est la soirée des embrassades, pensa-t-elle. M. Bergan ne réagit pas. Il resta assis, silencieux, médusé, tandis que le taxi s'éloignait.

Comme Shirley entrait dans la maison, M. Foley lui barra le passage et exigea de savoir, une fois pour toutes, ce qui se goupillait.

— Vous voulez vraiment le savoir ? demanda Shirley d'un ton incrédule.

— Parfaitement, affirma le concierge.

— Pouvez crever, soupira Shirley en l'écartant et elle ajouta par-dessus son épaule, tout en grimpant l'escalier : un jour, croyez-moi, monsieur Foley, je sortirai de mes gonds. Ne me redemandez jamais plus ce qui se goupille. Ça ne vous regarde absolument pas.

Elle entra dans son appartement, ferma la porte à clé derrière elle et s'effondra sur le divan. Elle fit sauter ses chaussures, étendit les jambes et respira à fond plusieurs fois. Puis elle jeta un coup d'œil sur son living-room et en inspecta le contenu avec une satisfaction toute nouvelle, comme si elle le voyait pour la première fois.

Elle était là depuis cinq minutes peut-être, jouissant du simple plaisir d'être rentrée chez elle, lorsque le téléphone sonna. Elle passa dans la chambre pour y répondre et la voix de Cynthia demanda :

— Tu vis toujours ? C'est tout ce que je veux savoir. Vis-tu toujours ?

— Cynthia, tu ne me croiras pas. Non, tu ne me croiras pas.

— Je m'en doute bien. Voilà quatre heures que je te téléphone tous les quarts d'heure.

— Il s'est passé trop de choses... dit Shirley.

— Je pourrais écrire un roman, moi aussi. Es-tu blessée ?

— Ne dis pas de bêtises.

— En fait de bêtises, je pourrais te donner des leçons, déclara Cynthia. Jamais je n'ai autant pleuré de ma vie.

— Je suis en parfait état. Claquée, c'est tout.

— Alors raconte-moi tout depuis le début. Je veux tous les détails.

Shirley commença par le commencement et une heure et demie après, Cynthia connaissait plus ou moins tous les détails demandés, y compris le baiser à M. Bergan.

— Eh bien, tu sais ce que j'en pense ? dit-elle. Je pense qu'il l'avait bien mérité ! Sais-tu que M. Morrow voulait te fiche à la porte ?

— Non... le salaud ! Et pourquoi ?

— Eh bien, absentéisme, insolence, etc.

— Ça alors ! Je ne m'étonnerai plus de rien.

— La suite va t'étonner, crois-moi, reprit Cynthia d'un ton satisfait. Devine qui est allé au bureau de M. Gerald Bushwick et qui a pris fait et cause pour toi.

— Qui ?

— M. Michael Bergan. Soi-même.

— Contre Morrow ?

— Contre ledit salaud.

— Oh ! Cynthia ! Et moi qui ai toujours été si odieuse avec lui !

— Entièrement d'accord.

— Je ne sais pas ce qui me pousse à agir comme ça. Il me dit quelque chose de gentil et qu'est-ce que je lui réponds ?

— Pouvez crever !

— Exactement. Pourquoi ?

— Je ne suis pas psychiatre, Shirley, mais je crois que tu es un peu trop sur la défensive.

— A-t-il été saqué ?

— Au contraire. Non seulement il n'a pas été saqué, mais M. Bushwick a catégoriquement déclaré à M. Morrow que, toi non plus, tu ne devais pas être fichue à la porte.

— Sans blague ! fit Shirley.

— Et maintenant, je suppose que tu as besoin de sommeil.

— Ce dont j'ai besoin, dit Shirley, c'est d'un bon bain chaud qui efface tout souvenir de deux affreux nommés Albert et Joey. À demain, Cynthia.

— Surtout n'arrive pas en retard, dit Cynthia. Ne donne aucune occasion à Morrow de t'empoisonner l'existence.

CHAPITRE XIII

On ne vit qu'une fois

Mais la chute de M. Morrow se produisit d'une façon très différente, à la suite d'un concours inattendu de circonstances. Trois semaines plus tard, Morton Stillman mourut subitement.

Shirley l'avait revu quatre fois avant sa mort et s'était prise d'une grande affection pour lui. Sa disparition lui fit un choc ; elle s'enferma dans son appartement et, cette fois, s'offrit le luxe de pleurer. C'était comme si un barrage s'effondrait, et cela lui fit du bien. Elle prit un jour de congé pour aller aux obsèques, où elle se tint discrètement dans un coin ; la famille Stillman ne la remarqua pas, car elle avait relevé le col de sa jaquette, dissimulé son visage sous un voile et ses cheveux sous un chapeau. Elle ne voulait évoquer aucun fantôme, ni provoquer de scènes à cause de sa ressemblance avec Janet Stillman.

Toutefois, M. Morrow nota son absence et la signala par écrit à M. Bushwick. C'était un homme têtu et il était bien décidé à avoir le dernier mot.

Cinq jours plus tard, on ouvrit le testament de

M. Stillman, et le lendemain, les journaux annoncèrent en gros titres qu'une employée de la maison Bushwick Frères, dans Houston Street, venait d'hériter d'une donation à terme de 250 000 dollars. La photo de Shirley apparut à côté de celle de Janet Stillman et, pour la première fois, la presse révéla, du moins dans les grandes lignes, ce qui s'était passé durant cette fameuse nuit, dans la résidence de Stillman.

Pendant les quarante-huit heures qui suivirent, ce fut sur Shirley que se concentra l'attention des journalistes, des chroniqueurs de revues et des services de la télévision. Mais, de l'avis de Cynthia, le point culminant de l'histoire fut l'interview de Shirley, dans le bureau de M. Gerald Bushwick, par Gabe Pressmann, de la National Broadcasting Company[1].

Ce fut M. Bushwick lui-même qui proposa de mettre son bureau à la disposition de la N.B.C., et il accepta de participer à l'interview, si nécessaire. Shirley, abasourdie par tous ces événements, portait une robe de jersey noir très simple qui, à en croire Cynthia, mettait sa silhouette en valeur, mais n'ajoutait rien à la beauté de son visage et de ses cheveux.

Lorsque tout le matériel nécessaire à l'opération eut été installé dans le bureau de M. Bushwick, ce qui prit une bonne partie de la matinée, Bushwick,

1. Compagnie de télévision.

Pressmann, Shirley et les techniciens se groupèrent dans la pièce.

— Nous allons faire les choses très simplement et sans chichis, Shirley, dit Pressmann. Je vais vous appeler Shirley, vous m'appellerez Gabe. Puisque M. Bushwick est un peu plus âgé que nous deux, nous dirons « monsieur Bushwick » en nous adressant à lui. Je pose les questions. Vous y répondrez. Ne vous faites aucun souci. Êtes-vous prête ?

— Mais oui, dit Shirley en inclinant la tête.

— Bon. Alors, Shirley, quelle impression ça fait-il d'hériter de 250 000 dollars ?

— Je n'en suis pas encore revenue, répondit Shirley. La seule chose que je ressens, c'est le chagrin que m'a causé la mort de M. Stillman. Je l'aimais bien.

— Vous attendiez-vous à cet héritage ?

— Non. Absolument pas.

— Qu'allez-vous faire de cet argent ?

— Je ne peux rien faire avec ce qu'ils nomment le capital. Je veux dire l'argent lui-même parce qu'il doit rester en banque pendant dix ans. Mais je disposerai du revenu qu'il produira, ce qui représentera plus d'argent que je n'ai jamais osé espérer.

— Quelle impression ça fait d'être l'employée la plus riche de la maison Bushwick, Shirley ?

— Je ne sais pas, Gabe. Aucune.

— Allez-vous continuer à travailler ici ?

— Je l'espère, Gabe.

— Pourquoi ? Vous êtes assez riche pour vous arrêter.

— Je ne saurais pas quoi faire de moi, si je m'arrêtais. J'ai toujours travaillé.

Pressmann se tourna vers Bushwick.

— Et vous, monsieur Bushwick, qu'en pensez-vous ?

— Je vais vous le dire, Gabe. Nous sommes heureux que Shirley ait hérité de cet argent. Mais ce n'est pas ça qui nous impressionne. C'est la valeur morale d'une de nos employées, le courage qu'a montré cette jeune fille. Voilà ce qui nous touche.

Shirley passa la soirée chez Cynthia, non seulement pour échapper aux journalistes, mais parce que l'écran de la télévision de Cynthia était plus grand que le sien et donnait des images toujours plus nettes.

— Qu'est-ce que tu penses de ça ? dit Cynthia lorsque M. Bushwick prononça son petit laïus. Tu sais, j'ai presque pitié de Morrow.

— Moi aussi, avoua Shirley.

— Ça n'est pas une consolation de se dire qu'il l'a bien cherché.

— Non. Ça n'est pas une consolation.

— Bah ! *Mektoub*.

— Quoi ?

— Comme disent les Arabes, c'était écrit.

Les pensées de M. Bushwick suivaient à peu près le même cours tandis qu'il regardait l'interview sur sa T.V. en couleurs, haute-fidélité.

— Une belle interview, fit-il remarquer à l'un de ses frères.

— Elle vaut son pesant d'or, dit le second frère.

— On ne peut pas se permettre de mal juger les gens, dit le troisième.

— Certainement pas.

— M. Morrow... dit le second des frères Bushwick, eh bien, regardons les choses en face. M. Morrow n'est guère psychologue.

— Mais M. Bergan ? dit le numéro trois sans enthousiasme.

— Vous rendez-vous compte de la valeur de cette émission ? questionna M. Bushwick. Je ne parle pas simplement du point de vue financier. Je parle de choses plus profondes.

— Mais M. Bergan ? interrogea de nouveau le troisième frère, toujours avec la même absence d'enthousiasme.

— Il s'agit des valeurs spirituelles, fit observer le numéro deux d'un ton ferme. Il s'agit des valeurs spirituelles à une époque qui a perdu contact avec elles... et croyez-moi, ce n'est pas facile d'établir un lien entre les matières plastiques et les valeurs spirituelles. Grâce à cette jeune fille, le lien a été établi.

— Comment ça ?

— Ça crève les yeux. En outre, supposons qu'elle épouse Bergan ?

— Je n'ai rien remarqué de ce côté-là. En tout cas, l'interview à la télévision vaut mille dollars de publicité.

Le lendemain matin, en triant les papiers qui s'étaient accumulés sur son bureau, M. Bushwick trouva la note de M. Morrow. Il la lut soigneusement, réfléchit un moment, puis fit appeler le susdit.

— Le fait est, lui dit-il, qu'un homme a besoin d'un certain doigté dans ses rapports avec le personnel. Je ne voudrais pas que vous preniez ça pour une sanction, Morrow, mais nous vous transférons à l'inventaire. Il y faut un esprit perspicace.

La vérité oblige à dire que M. Morrow prit très mal la chose et que M. Bergan éprouva certains regrets. En tout cas, il ne plastronnait pas le moins du monde lorsqu'il s'arrêta près du bureau de Shirley et l'informa qu'il était monté en grade.

— Félicitations, dit Shirley.

— Merci.

— Ça ne paraît guère vous réjouir ?

— Pourquoi me réjouirais-je ?

— Vous êtes nommé chef de bureau.

— Et après ? fit sombrement M. Bergan. Il y a une semaine, j'aurais voulu fêter ça. Je vous aurais demandé de dîner avec moi ce soir, dans un restaurant comme les « Quatre Saisons », peut-être. Ça m'aurait coûté trente dollars. Quelle importance ? On ne vit qu'une fois !

— Et maintenant ? dit Shirley.

— Maintenant, vous êtes riche.

— Invitez-moi.

— Pour ce soir ?

— D'accord pour ce soir, dit Shirley. On ne vit qu'une fois.

FIN

DU MÊME AUTEUR

Aux Éditions Gallimard

Dans la collection Série Noire

TU PEUX CREVER !, *nº 963.*

OH ! LYDIA, *nº 1011.*

QUATRE DAMES DAMNÉES, *nº 1797.*

LA PISCINE BALADEUSE, *nº 1867.*

ON M'A VOLÉ MON ANGE, *nº 1953.*

LE JAP SE DÉBRIDE, *nº 1998.*

LE FACTEUR CRÉSUS, *nº 2073.*

Dans la collection Super Noire

LES MORTS S'AFFRANCHISSENT, *nº 111.*

Chez d'autres éditeurs

L'ASSASSIN QUI RENDIT SON ARME, « Le cabinet noir », Belles Lettres, 1998.

L'AFFAIRE WINSTON, « Le cabinet noir », Belles Lettres, 1998.

LE DÎNER, Scandéditions-Temps actuels, 1993.

LE SERMENT, Messidor, 1990.

LA DERNIÈRE FRONTIÈRE, 10/18, 1996.

LA CONFESSION DE JOE CULLEN, L'Atalante, 1991, « Le Livre de Poche », L.G.F., 1992.

L'ANGE DÉCHU, Rivages-Noir, 1991.

SYLVIA, Rivages-Noir, 1990.

MAX, « Bibliothèque de l'évasion », L'Atalante, 1988.

PARUTIONS FOLIO POLICIER

1.	Maurice G. Dantec	*La sirène rouge*
2.	Thierry Jonquet	*Les orpailleurs*
3.	Tonino Benacquista	*La maldonne des sleepings*
4.	Jean-Patrick Manchette	*La position du tireur couché*
5.	Jean-Bernard Pouy	*RN 86*
6.	Alix de Saint-André	*L'ange et le réservoir de liquide à freins*
7.	Stephen Humphrey Bogart	*Play it again*
8.	William Coughlin	*Vices de forme*
9.	Björn Larsson	*Le Cercle celtique*
10.	John Sandford	*Froid dans le dos*
11.	Marc Behm	*Mortelle randonnée*
12.	Tonino Benacquista	*La commedia des ratés*
13.	Raymond Chandler	*Le grand sommeil*
14.	Jerome Charyn	*Marilyn la Dingue*
15.	Didier Daeninckx	*Meurtres pour mémoire*
16.	David Goodis	*La pêche aux avaros*
17.	Dashiell Hammett	*La clé de verre*
18.	Tony Hillerman	*Le peuple de l'ombre*
19.	Chester Himes	*Imbroglio negro*
20.	Sébastien Japrisot	*L'été meurtrier*
21.	Sébastien Japrisot	*Le passager de la pluie*
22.	Pierre Magnan	*Le commissaire dans la truffière*
23.	Jean-Patrick Manchette	*Le petit bleu de la côte Ouest*
24.	Horace McCoy	*Un linceul n'a pas de poches*
25.	Jean-Bernard Pouy	*L'homme à l'oreille croquée*
26.	Jim Thompson	*1 275 âmes*
27.	Don Tracy	*La bête qui sommeille*
28.	Jean Vautrin	*Billy-ze-Kick*

29.	Donald E. Westlake	*L'assassin de papa*
30.	Charles Williams	*Vivement dimanche !*
31.	Stephen Dobyns	*Un chien dans la soupe*
32.	Donald Goines	*Ne mourez jamais seul*
33.	Frédéric H. Fajardie	*Sous le regard des élégantes*
34.	Didier Daeninckx	*Mort au premier tour*
35.	Raymond Chandler	*Fais pas ta rosière*
36.	Harry Crews	*Body*
37.	David Goodis	*Sans espoir de retour*
38.	Dashiell Hammett	*La moisson rouge*
39.	Chester Himes	*Ne nous énervons pas !*
40.	William Irish	*L'heure blafarde*
41.	Boileau-Narcejac	*Maléfices*
42.	Didier Daeninckx	*Le bourreau et son double*
43.	Sébastien Japrisot	*La dame dans l'auto avec des lunettes et un fusil*
44.	Jean-Patrick Manchette	*Fatale*
45.	Georges Simenon	*Le locataire*
46.	Georges Simenon	*Les demoiselles de Concarneau*
47.	Jean Amila	*Noces de soufre*
48.	Walter Kempley	*L'ordinateur des pompes funèbres*
49.	Tonino Benacquista	*Trois carrés rouges sur fond noir*
50.	Dashiell Hammett	*Le faucon de Malte*
51.	Hervé Jaouen	*Connemara Queen*
52.	Thierry Jonquet	*Mygale*
53.	Auguste Le Breton	*Du rififi chez les hommes*
54.	Georges Simenon	*Le suspect*
55.	Emmanuel Errer	*Descente en torche*
56.	Francisco Gonzáles Ledesma	*La dame de Cachemire*
57.	Raymond Chandler	*Charades pour écroulés*
58.	Robin Cook	*Le soleil qui s'éteint*
59.	Didier Daeninckx	*Le der des ders*
60.	Didier Daeninckx	*La mort n'oublie personne*
61.	Georges Simenon	*L'assassin*
62.	Howard Fast (E.V. Cunningham)	*Tu peux crever !*
63.	Maurice G. Dantec	*Les racines du mal*
64.	René Barjavel	*La peau de César*
65.	Didier Daeninckx	*Lumière noire*

Composition Nord Compo.
Impression Société Nouvelle Firmin-Didot
à Mesnil-sur-l'Estrée, le 23 mars 1999.
Dépôt légal : mars 1999.
Numéro d'imprimeur : 46355.

ISBN 2-07-040705-5/Imprimé en France.

88526